José Eduardo Agualusa

忘却についての一般論

ジョゼ・エドゥアルド・アグアルーザ
木下眞穂［訳］

白水社
ExLibris

忘却についての一般論

忘却についての一般論　目次

装 丁
緒方修一

装 画
EKKO

まえがき

ルドヴィカ・フェルナンデス・マノは二〇一〇年十月五日未明にアンゴラの首都、ルアンダのサグラダ・エスペランサ診療所で永眠した。享年八十五歳。サバル・エステヴァン・カピタンゴは、ルドが孤立して暮らした二十八年間の最初の数年に書いた十冊の日記のコピーを私に渡してくれた。そのほかにも、彼女が外界に出てからの日記と、さらにルドが住んでいた部屋の壁に描いた文章や絵をアーティストのサクラメント・ネト（サクロ）が撮影した膨大な数の写真も見せてくれた。ルドの日記、詩、考察を読んだことは、彼女が生きた物語を再構築するうえでおおいに役立った。そのおかげもあって彼女のことを理解できたのだと思う。続くページにおいては彼女が遺したものを多数使わせてもらった。しかしながら、これからお読みいただく物語はフィクションである。純然たるフィクションである。

俺らの天はあんたらの地面だ

ルドヴィカは、昔から空が苦手だった。子どもの頃からひらけた場所が怖かった。家を出ると、自分はひ弱で無防備だと感じ、甲羅から引きずりだされた亀のような気持ちになった。わずか六歳か七歳で、天気にかかわりなく大きな黒い傘を広げずには学校に通えなかった。両親に叱られようと、よその子どもたちにどれだけ意地悪されようと、そこは頑として譲らなかった。成長とともにましにはなった。だが、ルドが「事故」と呼ぶあの出来事が起こってからは、生まれつきのあの恐怖はその前兆だったのだと思うようになった。

両親が死ぬと、ルドは姉の家で暮らした。外出はめったにしなかった。怠け者の思春期の子どもたちを相手にポルトガル語を教えて小遣いを稼いだ。それ以外の時間には、本を読み、刺繍をし、ピアノを弾き、テレビを見て、料理をした。日が暮れると窓辺に寄って断崖絶壁から下をのぞき込むように暗闇を見ていた。オデッテは頭をふりふり、あきれて言った。

「なんだっていうの、ルド？　星と星の間に落っこちそうで怖いの？」

オデッテは高校で英語とドイツ語を教えていた。妹を愛していた。妹を一人にさせないように遠出は控えた。休暇も家で過ごした。姉の献身ぶりを褒める人もあれば、過保護だとくさす人もあった。

一人で暮らすことなど、ルドには考えもつかなかった。それでも、姉の重荷になってしまったと思うと胸がふさいだ。姉と自分は臍のところでつながるシャム双生児のようだと思っていた。自分は死人のように麻痺していて、かたやオデッテはどこに行くにもその妹を連れていかねばならない。姉が鉱山技師と恋に落ちたときには、よかったと思うと同時に恐ろしくもなった。相手はオルランドといった。妻を亡くして、子どももいない独り身だった。相続のごたごたを片づけるためにアヴェイロ（ポルトガル中部の都市）に来ていたのだ。カテテ生まれの白系アンゴラ人で、アンゴラの首都とドゥンド市の間にあるダイヤモンド会社のお膝下の小さな町に暮らし、みずからもその会社に勤めていた。ケーキ屋での偶然の出会いから二週間後、オルランドはオデッテに求婚した。オデッテの事情は承知していたので、先手を打ってルドも一緒に来ればいいと言い張った。その翌月にはルアンダで一番豪奢な建物のひとつの最上階にある広大な部屋に二人とも移り住んでいた。建物の名は〈羨望館〉といった。

　ルドには苦行の旅だった。精神安定剤の副作用でふらつき、身を震わせ抵抗しながら家を出た。飛行機に乗っている間はずっと眠っていた。翌朝目覚めると、ここに来る前と同じ日課を繰り返した。オルランドの家には貴重な書物が並ぶ図書室があり、ポルトガル語、フランス語、スペイン語、英語、ドイツ語の本が数え切れないほど並び、世界文学の古典とよばれる作品はほとんど揃っていた。読む本は増えたが、ルドが読書に費やせる時間は減った。二人の使用人と料理人に暇をやってくれ、代わりに自分が家事を一手に引き受けると言ってきかなかったからだ。

　ある午後、オルランドは紙の箱を大事に抱えて帰宅すると、それを義妹に手渡した。

「ルド、これはきみに。いい友だちになると思うよ。一人でいてばかりはよくない」

ルドは箱を開けた。中には、きょとんとした目で彼女を見返している真っ白な仔犬がいた。

「雄だ。ジャーマン・シェパードという犬種だよ。あっというまに大きくなる。この子はアルビノなんだ。珍しいことにね。あまり日に当ててはいけないらしい。名前はどうしようか」

ルドは即座に答えた。

「ファンタズマ！」

「ファンタズマ？」

「ええ、だって幽霊《ファンタズマ》みたいじゃない。真っ白で」

オルランドは骨ばった肩をすくめた。

「なるほど。では、ファンタズマだ」

客間と屋上テラスは古式蒼然とした錬鉄製の急な螺旋階段でつながっていた。屋上からは街のほとんどを見渡すことができた。湾、島、そしてさらに向こうには波で編んだレースの合間に砂浜の首飾りが打ち捨てられていた。オルランドは屋上に庭園を造っていた。あずまやからはブーゲンビリアが粗い煉瓦造りの床に届かんばかりに咲き誇り、薫り高い紫色の影を作っていた。ザクロの木が一本と、たくさんのバナナの木が植えてある一角もあった。客はみないぶかしんだ。

「バナナとは、オルランド。ここは庭園なのかい、それとも農園なのかい」

義兄はそう言われるとむっとした。バナナの木は、幼少の頃に遊んだ、日干し煉瓦の塀に囲まれた農園を思い出させてくれたのだ。本当は、マンゴーとビワの木を数本、無数のパパイヤも植えたかった。仕事から帰ってくると、彼はここに上がってきて腰掛け、ウィスキーのグラスを手の届くところに置いて火のついた黒い煙草をくわえながら、夜が街を占拠していくさまを眺めていた。その傍らにはファンタズマがいた。犬もこの庭を愛していたのだ。反対に、ルドはテラスに上がりたがらなかった。移住してきて最初の数か月間は、窓のそばにも近寄れないほどだったのだ。

「アフリカの空はわたしたちの空よりもうんと大きくて」と姉には言い訳した。「押しつぶされそうなのよ」

うららかな四月の朝、昼食のため勤め先の高校から戻ってきたオデッテは、動転し、怯えていた。本国で動乱があったのだ。オルランドはドゥンドにいて、その日の夜に帰宅した。帰ってくると妻と一緒に部屋にこもってしまった。夫婦の言い合いがルドにも漏れ聞こえてきた。姉はできるだけ早くアンゴラから立ち去りたいと望んでいた。

「あなた、テロリスト、テロリストよ……」

「テロリストだと？　その言葉はこの家で二度と口にするんじゃない」。オルランドは決して声を荒げなかった。だが、彼がざらりとした声でささやくと、相手はナイフを喉元に押しつけられたかのように感じるのだ。「お前の言うテロリストたちは、わたしの祖国の自由のために闘ったんだ。わたしはアンゴラ人だ。出ていくつもりはない」

混迷の日々が過ぎていった。デモ、スト、集会。ルドはガラス窓を閉め、通りにたむろする者たちの大きな笑い声が自分たちの部屋に入りこんで火花の爆音のように空気を揺るがすことのないようにした。二十世紀の初めにポルトガル北部のミーニョを出てカテテの町に移住してきた貿易商を父に、出産の後すぐ亡くなったルアンダ生まれの混血女性を母に持つオルランドは、それまでは親戚との交流がなかった。そこに、従弟のヴィトリノ・ガヴィアンが顔を見せるようになった。パリで五か月のあいだ、酒を飲み、女といちゃつき、陰謀を企て、ポルトガルやアフリカから亡命してきた常連客が通うビストロでペーパーナプキンに詩を書き、そうこうするうちに革命家風のロマンチックな雰囲気を身にまとって戻ってきたのだ。従弟の訪問は台風のごとしで、書棚の本を読み散らし、ガラス棚に鎮座していたグラスを使い、ファンタズマを苛立たせた。仔犬は安全な距離を置きながらも、唸ったり鼻をひくつかせたりしながら従弟の後をついてまわった。

「同志がお前と話したいってよ！」ヴィトリノはそう喚くと、オルランドの肩をどんと拳固で叩いた。「俺たちの相手は暫定政府だ。必要なのは参謀《クアドロ》だ。お前ならおあつらえ向きじゃないか」

「かもしれんな」とオルランドは認めた。「黒板《クアドロ》ならいくらでもあるぞ。ないのは白墨だけだ」

彼は迷っていたのだ。「まあな」とつぶやいた。「これまで積んできた経験が祖国の役に立つかもしれないな」。だが、動乱の中心にいる過激派の動きを恐れてもいた。偉大な社会的正義が必要であると理解はしていたものの、あらゆるものを国有化するという共産主義者には脅威を感じていた。私有財産は没収。白人は追放。プチ・ブルジョワの歯をことごとく引っこ抜くのだ。オルランドは、自慢の笑顔がだいなしになるから入れ歯はごめんだと言った。従弟は笑い出し、今の浮かれた空気のせいで言葉が過ぎたと言って、ウィスキーを褒めそやしつつグラスをどんどん重ねていった。ジミ・ヘンドリックスよろしく縮れた髪を丸く膨らませて、花柄のシャツをはだけて汗ばんだ胸元を見せている、従弟だという男に姉妹はおぞけをふるった。

「黒人みたいな話し方をするじゃないの！」オデッテは詰め寄った。「それだけじゃない、とにかく臭くて。あの人がうちに来ると、家じゅうにおいがしみつくのよ」

オルランドは激昂した。ドアを叩きつけるように閉めて家を出た。宵の口に戻ってはきたが、態度はそっけなく、よそよそしく、見るからにとげとげしかった。ファンタズマを連れて、煙草の束とウイスキーを一瓶持ってテラスに上ると、そのままそこにいた。夜になって下りてくると、闇と、アルコールと煙草のきついにおいがまとわりついていた。千鳥足で家具にぶつかり、怒りをこめてなにやらつぶやいていた。

まず銃声が数発鳴り響き、そこから盛大な送別会が次々と催された。若者たちが道端で死んだり旗を振ったりしている一方で、入植者たちは踊っていた。隣室のリタがルアンダを出てリオ・デ・ジャネイロに移ることにしたのだ。出発前夜には、二百人もの客を夕食に招き、宴は夜明けまで続いた。

「飲み切れないものはあなたのところに置いていくわ」と言って、リタはポルトガル産の最高級ワインの箱が山積みになっている倉庫をオルランドに見せた。

「飲んでちょうだい。いいこと、浮かれた共産主義者どもに飲ませないよう、一本たりとも残さないで」

三か月が過ぎると、〈羨望館〉にはほとんどだれもいなくなった。逆に、大量のワインやビール、缶詰、ソーセージ、干鱈、塩、砂糖、小麦粉の保管場所にルドは頭を悩ませた。そのうえ、洗剤や衛生用品なども数え切れぬほどあるのだった。オルランドは、スポーツカーのコレクターだった友人から、シボレー・コルベットとアルファロメオＧＴＡを譲り受けた。自分の部屋の鍵を預けていった友人もいた。

「わたしはいつだってツキに見放されてるんだ」とオルランドは姉妹にぼやいた。それが皮肉なのか、本心なのかを見分けるのは難しかった。「車や部屋のコレクションを始めたとたんに共産主義者どもが現われて、全部取り上げられちまうんだからな」

ルドがラジオをつけると、革命が家にも入り込んできた。**民衆の力こそがこの混迷の根底にある、**と流行歌手が何度も何度も繰り返した。**よお、兄弟、**また別の歌手が歌った。**兄弟を愛せ／肌の色など見ず／見るべきはアンゴラ人であるということ／アンゴラの民の団結とともに／独立もやってくる。**メロディーと歌詞が合っていないものもあった。昔の曲から盗作したとおぼしき歌は、古びた暁の光のようなわびしいバラードだった。カーテンに半分隠れてルドが窓から外を覗くと、男たちを荷台に乗せたトラックが通っていった。男たちは旗を掲げていたり、スローガンが書かれた細い布をはためかせていたりした。

完全な独立を！

五百年の圧政植民政策は終わりだ！

われわれは未来を要求する！

国家返還を求める文句は感嘆符で終わっていた。その感嘆符はデモ隊が掲げる刀剣にそっくりだった。刀剣もまた、ひらめく旗や布の間で光っていた。両手にそれぞれ刀を握る男たちもいた。みんな刀剣を振り上げていた。不気味な喧噪のなか、刃をガチャガチャと打ち合わせているのだった。

ある夜、ルドは街の道路の下、豪邸が連なる通りの下に、地下道が果てしなく張り巡らされているという夢を見た。木々の根は、穹窿《きゅうりゅう》をつらぬいて下へと好き放題に伸びている。何万という人間が地下で生活し、泥と闇に潜り、植民者たちが下水に捨てるもので糊口をしのいでいた。ルドは群集をかきわけて進んだ。男たちは刀剣を振り上げていた。刃を打ち合わせる音が地下道に鳴り響いた。男のひとりがルドに近づいてきて、きたない顔をすり寄せるとにやりと笑った。そしてルドの耳に、低く甘い声でささやいた。

「俺らの天はあんたらの地面だ」

小さな死のための子守歌

オデッテはアンゴラを出ようと言いつのった。夫は、返事の代わりに乱暴な言葉をつぶやいた。女たちは出ていけばいい。入植者たちも去るべきだ。やつらにいてほしいなどとだれも思っていやしない。ひとつの時代が完結した。新しい時代が始まるのだ。晴れようが荒れようが、未来の光も嵐の大風も、ポルトガル人を照らすこともなければ鞭打つこともない。夫婦でひそひそ言い合ううちにオルランドは怒りをたぎらせていった。アフリカ人たちに対してはたらいた罪を、過ちを、不公平を、破廉恥な所業を、何時間でも数え上げた。そうしているうちに妻は閉口し、客間にこもって涙にくれた。独立に先立つこと二日前、彼は家に戻ってくると、驚いたことに、来週には自分たちはリスボンに到着しているだろうと告げた。オデッテは目をかっと見開いた。

「なぜ?」

オルランドは客間のソファのひとつにどっかり座り込んだ。ネクタイをむしり取り、シャツをはだけると、彼らしくもなく靴まで脱いで両足をサイドテーブルに載せた。

「なぜって、そうできるからだ。今なら出ていけるからだ」

次の夜、夫婦はまた送別会に出かけていった。ルドは、読書をしたり、編み物をしたりしながら夜中の二時まで二人の帰りを待った。胸騒ぎとともに床についた。よく眠れなかった。七時に起きるとガウンを着て姉の名を呼んだ。返事はなかった。なにかの悲劇が起きたのだと確信した。さらに一時間待ってから電話帳を探した。まず、前夜の送別会を主催したヌネス夫妻にかけた。出たのは使用人だった。一家はもう空港に向かったと言った。そちらの技師の先生と奥さまは確かにこちらの送別会においでてでしたが、すぐにお帰りになりましたよ。あんなにご機嫌のよろしい技師の先生は見たことがありませんでした。ルドは礼を言ってから受話器を置いた。もう一度電話帳をひらいた。オデッテはルアンダを去った友人の名前は赤い線で消してあった。残っている者はわずかだった。そのうち電話に出たのは三人で、だれもなにも知らなかった。そのうちの一人でサルヴァドール・コレイア高校の数学の教師は、警察の友人に電話しておこうと請け合ってくれた。なにか情報が入ったらすぐに知らせると言った。

時間は刻々と過ぎていった。銃撃が始まった。最初のうちは軽い銃声がする程度だったのが、次第にダダダダ、という激しい自動小銃の音がいくつも聞こえてきた。電話が鳴った。その声から察するに、リスボン訛りがあって良家の生まれらしき話し方のだいぶ若そうな男が、オデッテさんの妹さんと話がしたいと言った。

「なにがあったんです?」

「まあまあ、慌てないで。こちらがほしいのはトウモロコシだけですよ」

「トウモロコシ?」

「しらばっくれないで。例の石さえ渡してくれれば、なんにもしやしないと約束しますから。なにもありはしませんよ。あんたにも、あんたの姉さんにもね。なんだったら、次の飛行機で本国に二人で帰ればいい」

「オデッテと義兄になにをしたの」

「おっさんはちょいと無責任でしたね。無謀なことと勇敢であることをごっちゃにしてしまう輩ってのはいるもんでね。こちらはポルトガル軍の将校なんですよ。我々を騙そうとする輩は気に入りませんねえ」

「義兄になにをしたの。姉はどうしたの」

「時間がないんですよ。吉と出るか凶と出るか、どちらもありえる」

「なんの話なのかわからないの、本当にわからないのよ……」

「お姉さんに会いたいんでしょう？　だったら静かに家にいることだ。だれにもなにも言うな。状況が落ち着いたらすぐにあんたのところに寄って石をもらう。ブツを渡してくれれば、オデッテさんを解放する」

　そこで電話は切れた。もう夜になっていた。空を切るように弾が線を引いた。爆音で窓枠がガタガタ揺れた。ファンタズマはソファの後ろで身を縮めていた。低く唸っている。ルドはめまいがし、苦しくなった。トイレに駆け込み、便器に吐いた。震えながら床にへたりこんでしまった。なんとか気を取り直すと、オルランドの書斎に向かった。この部屋に入るのは、五日ごとに床を掃いて拭き掃除をするときだけだ。デスクは義兄の自慢の逸品だった。厳かで繊細な飾りのついたそれは、ポルトガル人の古物商から買ったものだ。ルドは一番上の引き出しを開けようとした。開かなかった。金槌を持ってきて、怒りにまかせて三度叩いて引き出しを壊した。見つかったのはポルノ雑誌だった。気分が悪くなり、雑誌を除けると、その下に百ドル札の束とピストルがあった。その銃器を両手で持ってみた。重かった。それを撫でた。これで男たちは殺し合いをするのだ。ずしりとした道具、黒くて、まるで生きているような。室内をふたたび捜し回った。なにも見つからなかった。しまいに客間のソファのひとつに横になると、そのまま寝入ってしまった。びくっとして目が覚めた。ファンタズマに引っ張られて居間に向かう。犬は唸っていた。海から届くそよ風が、薄いレースのカーテンの裾をふわりと持ち上げた。虚無の中に星々が浮かび、静寂が暗闇を押し広げていた。廊下から鋭い声が聞こえる。ルドは立ち上がった。裸足のまま玄関まで行くと、覗き穴から外を見た。エレベーターの脇で三人の男が声をひそめて話しこんでいた。一人が、彼女のいるほう——玄関——をバールで指さして言った。

「犬だ、まちがいない。犬が吠えるのが聞こえたぜ」

「だからどうした、ミンギート」。そう咎めた男は痩せていて背がたいそう低く、ぶかぶかで丈の長すぎる迷彩服を着ていた。「だれもいるもんか。白人どもはとっくに逃げ出してるんだから。行けよ。そのクソを使ってドアをぶち壊せ」

ミンギートが近づいてきた。ルドはあとじさった。がつんという衝撃音を耳にして、ルドは反射的に叩き返した。乱暴に木製の扉を叩いた拳が痛み、息をのんだ。沈黙。怒鳴り声。

「そこにいるのはだれだ?」

「出ていって」

笑い。同じ声。

「まだ一人いたぞ！　どうした、おばちゃん、置いてきぼりか？」

「お願いです、出ていってください」

「おばちゃん、ドアを開けな。俺たちは自分たちの物を取り返しに来ただけだ。あんたらは、俺たちから五百年間奪いつづけてきた。俺たちはな、自分たちの物を返してほしいだけなんだよ」

「武器があるのよ。だれも入ってこないで」

「奥さん、落ち着きなって。宝石をいくつかと金をいくらかくれれば、出ていってやるさ。俺たちだって人の子だからな」

「いいえ、だめよ。開けません」

「ＯＫ、ミンギート。たたっ壊せ」

ルドはオルランドの書斎に急いだ。ピストルをつかんで戻ると、玄関のドアに向けて狙いを定め、引き金に指を当てた。この後、ルドはこの銃撃の一瞬を、来る日も来る日も、その後の三十五年間思い返しつづけることになる。爆音がして、武器が軽く跳ねた。手首に一瞬、痛みが走った。

この瞬間がなかったら、彼女の人生はどうなっていただろう？

「ああ、血だ。ばばあ、俺を殺しやがったな」

「トリニタ！　うそだろ、怪我したのか？」

「逃げろ、逃げろ……」

通りから銃声。すぐ近くだ。銃声は銃声を呼ぶ。空に向けて一発撃てば、すぐさま次から次へと銃声が続く。戦時下にある国では、一発撃てばそれでじゅうぶんだ。ぶざまに逃げる車。爆竹。なにか。ルドは玄関に近づいた。弾丸が穿った穴があった。木製のドアに耳を寄せ、けが人の喘ぎ声に耳を澄ませた。

「水をくれよ、おばさん。たすけてくれ……」

「それは無理。できない」

「たのむよ、奥さん。死んじまうよ」

がくがくと震えながらルドは玄関を開けたが、ピストルは握ったままだった。強盗は床に尻をつけ、壁にもたれていた。濃いひげが、真っ黒なひげがなければ子どもかと思っただろう。少年のようなその顔は汗をかき、大きく見開いた両目はルドを見つめていたが、そこに恨みはなかった。

「やっちまったな。これで独立をこの目で見ることはできねえなあ」

「ごめんなさい、撃つつもりはなかったの」

「水を。喉が渇いてしかたねえ」

ルドは怯えた目で廊下を一瞥した。

「入って。こんなところに放ってはおけないわ」

男はうめきながら這いずって中に入ってきた。男の影はまだ廊下の壁にもたれたままだった。夜が、もうひとつの夜から離れていった。ルドはその影を裸足で踏んで、足を滑らせた。

「なんてこと！」

「すまんな、ばあさん。家を汚しちまった」

ルドは玄関を閉めた。鍵をかけた。台所に行き、冷蔵庫から冷たい水を出してコップに注ぎ、居間に戻った。男はそれをむさぼるように飲んだ。

「本当にほしいのは、コップ一杯の冷たい空気なんだがな」

「お医者さんを呼ばないと」

「いいってことよ。呼んでも俺は殺されるさ。歌ってくれないかな、ばあさん」

「え?」

「歌だよ。なにか、ほっとする歌をたのむよ、パンヤノキ（熱帯産の落葉高木）みたいな」

ルドは父を思い出した。眠りにつく前にリオ・デ・ジャネイロの抒情歌をハミングしてくれた。ピストルは板張りの床に置き、ひざまずいて、強盗のたいそう小さな手を自分の両手で包むと、その耳元に口を寄せて歌った。

長い時間、歌った。

最初の曙光で家が目覚めると、ルドは勇気を振り絞って死人を抱き上げた。それほど力も必要なくテラスに運んだ。シャベルを取りに行った。花壇のひとつに細長い穴を掘った。黄色いバラの花壇だ。

その数か月前、オルランドはテラスに小さなプールを造ろうとしていた。戦争が始まって、工事が止まっていたのだ。職人たちが置きっぱなしにしていったセメントの袋や、砂、煉瓦などが石壁のそばにあった。ルドはそれらをいくつか階下に持っていった。玄関の鍵を開けた。廊下に出た。そしてその廊下に壁を作りはじめた。建物のほかの場所とここを隔てるつもりだった。午前中いっぱい作業をした。午後もずっと。壁が積み上がり、セメントを塗り終わってようやく空腹を覚えた。台所のテーブルに座り、スープを温め直してゆっくりと飲んだ。焼いた鶏肉の残りを犬に与えた。「これで、あんたとわたし、二人きりよ」

犬は彼女の手を舐めに来た。

玄関のドアの脇の血はすでに乾き、黒っぽい染みになっていた。そこから足跡が台所のほうに続いている。ファンタズマがその足跡を舐めた。ルドは犬を遠ざけた。水の入ったバケツと洗剤、ブラシを持ってきてきれいに掃除した。熱いシャワーを浴びた。風呂場から出たところで、電話が鳴ったので受話器を取った。

「いろいろ面倒があってな。昨日はブツをもらいにそっちに行けなかった。もう少ししたら向かうからな」

ルドは無言で電話を切った。電話がまた鳴った。一瞬静まったが、ルドが背を向けたとたんに、電話はまたけたたましく鳴り出した、いらいらしながら、注意を引こうとして。ファンタズマが台所までやってきた。ぐるぐると円を描いて走り、激しく吠え、唸ったが、突然テーブルに飛び乗って電話を叩き落した。電話は床に激しくぶつかった。ルドはその黒い箱を振ってみた。中でなにかが外れたようだった。ルドはにこっとした。

「ありがとう、ファンタズマ。これで静かになったわ」

外では、この暴動の夜、爆竹と迫撃砲が弾けていた。車のクラクションが鳴り続けていた。窓から覗くと、ルドの目にはあの道、この道を延々と進む群衆の姿が映った。どの広場もすさまじく激しい歓喜に酔いしれる人間であふれていた。ルドは窓を閉めた。ベッドに横になった。顔を枕に埋めた。

ここから遠いところにいる自分を想像しようとした、アヴェイロの、かつてのわが家でなんの心配もなく、昔の映画をテレビで観ながらお茶をすすり、トーストをかじっている自分を。できなかった。

運のない兵士たち

二人の男は緊張をなんとかごまかそうとしていた。二人とも頬のひげは薄く、髪の毛はぼさぼさに伸びていた。派手な色合いのシャツにベルボトムという恰好に、軍用靴を履いている。若いほうのベンジャミンは車を運転しながら高らかに口笛を吹いていた。またの名をカラスコ（「死刑執行人」という意味）というジェレミアスはその隣で巻きたばこをくわえていた。二人は荷台に兵士たちを乗せた数台のトラックの前を通り過ぎた。若い兵士たちは彼らに合図を送ってよこした。眠たげに、指で勝利のVサインを作って見せてくる。二人の男も同じ合図を返した。

「キューバの野郎どもめ！」ジェレミアスはつぶやいた。「クソ共産主義者どもめ」

〈羨望館〉の前に駐車し、二人は車を降りた。一人の物乞いが入口の前に立ちはだかった。

「おはよう、同志たちよ」

「なんの用だ、え？」とジェレミアスは怒鳴りつけた。「白人にカネをせびるのか？　そういう時代は終わったぜ。アンゴラ独立国家、アフリカの強固な社会主義の砦にはな、物乞いの居場所はない。物乞いするやつらは首をはねられるんだ」

そう言って男を押しのけ、建物に入っていった。ベンジャミンもその後に続いた。エレベーターのボタンを押し、十一階まで上がった。だが、そこで仰天して足を止めた。目の前ができたばかりの壁で塞がれていた。

「なんだ、こりゃ？　まったくこの国はおかしくなっちまった」

「本当にここなんですか？　間違いない？」

「間違いないかって？」ジェレミアスはにやりとして、もう一方のドアを指さした。「この十一階のE号室にはな、リタが住んでいたんだ。ルアンダで最高の脚を持つ女だよ。ずばぬけてきれいな尻だった。リタを知らずにすんだのは運がよかったな。あの女を知ったが最後、ほかのどんな女を見ても、どこか残念で苦々しい思いをぬぐえなくなる。アフリカの空みたいなもんだ。ここから追い出されたら、神よ、俺はどこへ行けばいいんだろう？」

「まったくだ、大尉。どうしますかね」

「つるはしを調達して壁を壊すか」

二人はふたたびエレベーターに乗りこんで下に降りた。先ほどの物乞いが、武装した男たち五人を従えて待ち構えていた。

「同志モンテ、こいつらです」

モンテと呼ばれたその男が一歩前に出た。ジェレミアスに対して、その華奢な体軀に似つかわしからぬしっかりとした力強い声で話しかけた。

「すまんが、袖をまくり上げてはくれんかね、同志よ。そう、右腕だ。手首を見せてほしい」

「なんで俺がそんなことをしなけりゃなんねえんだ？」

「なぜかと言うとだな、この俺が香水売りのように礼儀正しく頼んでいるからだ」

ジェレミアスは大きな笑い声をあげて、右腕の袖をまくると刺青を見せた。Audaces Fortuna Juvat（ラテン語で「幸運は勇気ある者に味方する」の意味）。

「こいつが見たかったのかい」

「そのとおりだ、大尉。お前の運もここまでのようだな。とはいえ、この物騒なときに白人が連れ立って、ポルトガル軍の軍靴を履いてのこのこ通りを歩いてるってのは、度胸もあり余ってるんだろうな」

モンテは後方にいた二人の武装した男たちのほうを向くと、縄を持ってきてこの傭兵どもを縛れと命じた。男たちは二人を後ろ手に縛り、相当ガタが来ているトヨタカローラに押しこんで乗せた。男たちのうちの一人が助手席に座り、モンテが運転席に座った。ほかの男たちは軍用ジープに乗り、カローラの後に続いた。ベンジャミンは両膝のあいだに顔を埋め、身も蓋もなく泣いていた。ジェレミアスはきまり悪くなり、肩で小突いた。

「落ちつけ。ポルトガルの兵士らしくするんだ」

モンテが言葉をはさんだ。

「その若いのはそっとしといてやれ。そいつをこんなところまで連れてくるべきじゃなかったんだ。お前は、アメリカ帝国に従う情けない男娼だな。恥を知れ」

「キューバ人はどうなんだ、やつらは傭兵じゃないとでも？」

「キューバの同志たちは金が目当てでアンゴラくんだりまでやってきたわけじゃない。彼らは信念に従って来たんだ」

「俺がアンゴラに残ったのは信念からだ。西側の文明のため、ソヴィエト帝国主義に対して闘うんだ。俺が闘うのはポルトガルの生き残りのためだ」

「嘘つくな。俺はそんな話は信じやしない。お前も自分で信じていないだろ。お前のおふくろだって信じないさ。ところで、リタの家でなにをしていたんだ？」

「リタを知っているのか？」

「リタ・コスタ・レイスか？　見事な脚だったな。ルアンダ最高の脚だ」

それから二人はアンゴラの女たちの話に花を咲かせた。ジェレミアスはルアンダの女たちを好んではいたが、それでも、と付け加えた。甘かろうが辛かろうが、ベンゲラ（アンゴラ西部の港町）の混血女たちにかなう女は世界じゅうどこにもいやしない、と言った。するとモンテは、いやいや、モサメデス州（現在のナミベ州）の旧家出身のリキータ・バウレットがいると言い出した。一九七一年のミス・ポルトガルだ。それにはジェレミアスも同意した。そうだ、リキータだ、あの黒い瞳の輝きで目覚める朝を経験できるのなら、この命をくれてやってもいい。モンテの隣の男が会話に割って入った。

「ここです、司令官。着きました」

町ははるか後方にあった。がらんとしてなにもない土地を、高い石塀が分けていた。向こうにはバオバブの木が数本、そこからは曇りのない青一色の地平線。全員、車から降りた。モンテは傭兵たちの縄を解き、姿勢を正した。

「ジェレミアス・カラスコ大尉。カラスコというのはおそらく通り名だろう。貴殿には無数の残虐行為により有罪を言い渡す。何十人というアンゴラ国民を拷問にかけ、死に至らしめた。わが同志のなかには裁判にかけられる貴殿の姿を見たいと言う者もいる。だがわたしは裁判なぞに時間を無駄に費やしてはならんと考える。民衆は貴殿をすでに有罪とした」

ジェレミアスは笑った。

「民衆だと？　嘘つくな。俺はそんな話は信じやしない。お前も自分で信じていないだろ。お前のおふくろだって信じないさ。俺たちを解放しろ。そうすれば片手一杯のダイヤモンドをくれてやろう。いい石だ。あんたはこの国を出て、どこでも好きなところで一からやり直せるぜ。女だって好き放題に選べる」

「ありがたい申し出だが、俺はどこにも行かん。共にいたいと願う女はわが家にいるんでね。それではよい旅を。せいぜい楽しんでくれたまえ、行き先がどこであろうと」

モンテは車に戻った。兵士たちが二人を石塀まで押しやってから、数メートル離れた。兵士の一人が腰のピストルを抜くと、億劫そうな様子で無造作に狙いを定めて三発撃った。ジェレミアス・カラスコはあおむけに倒れた。鳥たちが空高く飛んでいるのが見えた。血で汚れ、銃弾で穴のあいた石塀に書かれた赤い文字が目に入った。

服喪は続く。[1]

1　当時のスローガン「闘い（luta）は続く」に「服喪（luto）」をかけた言い回し。

恐怖の本質

窓の向こうにあるものが怖い、なだれこむ空気が怖い、
空気に乗ってくる音も。蚊がおそろしい、なんという名で呼ぶのか
知らぬ無数の虫がおそろしい。なにに対してもわたしは異国人、まるで
水の流れに落ちた一羽の鳥のように。
外から届く言葉がわからず、ラジオが持ちこむ
言葉がわからず、なにを言っているのかわからず、さらには
ポルトガル語らしき言葉が聞こえても、それすらわからない、あれは
わたしのポルトガル語ではないのだもの。

光すらわたしには異様。
あまりにも過剰な光。

健やかな空からは生まれるはずのない色がいくつか。
わたしが近しく感じるのは外の人間よりもわたしの犬。

終わりのあと

終わりのあと、時が過ぎるのが遅くなった。少なくとも、ルドにはそう感じられた。一九七六年二月二十三日、初めての日記をつけた。

今日はなにも起きなかった。眠った。眠りながら、眠っている夢を見た。

木々、動物たち、たくさんの虫たちが、自分たちの夢をわたしと分かちあった。そこではわたしたちはみんな一緒になって夢を見て、ひとつの群れのように、とても小さな部屋で、考えもにおいも共有して互いを撫でさすった。わたしは餌食に這い寄る一匹の蜘蛛であり、その巣にかかってしまった蠅であり、太陽の下で開く花であり、花粉を運ぶそよ風でもあった。目覚めると、わたしは一人だった。眠りながら眠っている夢を見るのであれば、目覚めたまま、さらに鮮明な現実のなかで覚醒するということも、できるのだろうか。

ある朝、起きて蛇口をひねっても水が出なかった。ルドはぎょっとした。このとき初めて、これから長いこと籠城することになるかもしれないと思った。食料庫にあるものをリストにした。塩はじゅうぶんある。小麦粉も数か月分はあった。それから、豆の袋、砂糖の箱がいくつもあり、ワインもジュースもあれば、鰯、ツナ、ソーセージの缶詰も何十個とあった。

その夜は雨が降った。ルドは傘をさしてテラスに上り、バケツ、桶、空き瓶を出して並べた。翌朝早く、ブーゲンビリアやその他の鑑賞用の花々を切った。片手一杯のレモンの種を、あの小さな強盗を埋めた花壇に蒔いた。ほかの四つの花壇にはトウモロコシと豆を植えた。その他の五つの花壇には、最後に残っていたジャガイモを植えた。一本のバナナの木に大きな房がなっていた。バナナを数本もぎ、台所に持ち帰った。ルドはバナナをファンタズマに見せた。

「わかる？　オルランドは思い出に浸るためにバナナを植えたの。わたしたちはこれで空腹を満たせる。というか、わたしの空腹は満たされるけど、お前はきっと、バナナではいやよね」

翌日、蛇口からはまた水が出るようになった。その日からしょっちゅう断水があり、停電もしばしばあったのだが、ある日どちらも一切止まってしまった。最初の数週間は、断水よりも停電のほうを不便に感じた。ラジオが聴けなくなったからだ。ＢＢＣやポルトガルの国営ラジオ局の国際ニュースを聴くのが好きだったのだ。アンゴラのラジオも聴きはしたが、反植民地主義者だの、新植民地主義者だの、その反動勢力だのがしょっちゅう演説をぶつのでいらいらさせられた。家のラジオはすばらしい造りだった。アールデコ調の木製で、キーは象牙。キーのひとつを回すと、ラジオは街のように光った。ルドはつまみをあれこれ回して聞こえてくる声を探した。フランス語、英語、あるいはアフリカの謎の言語が途切れ途切れに聞こえてきた。

...Israeli commandos rescue airliner hostages at Entebe...（イスラエル国防軍がエンテベ空港でハイジャッ

ク事件の人質を救出……）
...Mao Tse Tung est mort...（毛沢東が死去……）
...Combattans de l'indépendance aujourd, hui victorieuse...（現在勝利している独立軍の戦闘員たちは……）
...Nzambe azali bolingo mpe atonda na boboto...（神は慈しみ深く優しく……）

それにレコードもあった。オルランドはフランスのシャンソンのLPを蒐集していた。ジャック・ブレル、シャルル・アズナヴール、セルジュ・レジアニ、ジョルジュ・ブラッサンス、レオ・フェレ。ルドは、海が光を呑みこむ時間にブレルを聴いた。街は眠りにつき、彼女はみんなの名前を忘れる。太陽の端がまだ燃えている。ゆっくりと夜を迎え、時間はあてどなく延びていく。くたびれた身体と青い夜が青に包まれる。疲労で脇腹が痛んだ。自分を女王のように思い、どこかでだれかが自分のことを、女王を待つがごとく待ち受けてくれているはずだと信じていたのだ。それがどうだ。そんな人間はいやしない。この世界のどこにも、彼女を待っていてくれる人などいないのだ。街は眠りにつき、小鳥たちはさざ波のように、さざ波は小鳥のように、女たちは女たちのように、そして女が男の未来だなんていう根拠もなく。[2]

ある午後、賑やかな声がすぐそばに聞こえた。ルドは仰天して飛び起きた。だれかが家に押し入ってきたかと思ったのだ。ルドの家の客間は、リタ・コスタ・レイスの部屋と隣りあっている。ルドは黙って耳を壁に押しつけた。女が二人、男が一人、子どもがたくさん。男の声はゆったりとなめらか

2 ジャック・ブレル "La ville s'endormait" の歌詞より。「街は眠り／私はその名を忘れ／川の上では／空の歌が燃えている／そして私はその名を忘れる」等。

で、朗らかだった。彼らは、時おりラジオで耳にした、リズムのある謎めいた言葉で話していた。一つ、二つの言葉がくっついて飛び出してきたかと思うところころと転がるような。色鮮やかなボールが、ルドの脳内のあちこちを跳ねまわっているようだった。

ボリンゴ。ビゾー。マトンディ。

〈羨望館〉には新しい住人たちがやってきて、だんだん賑やかになっていた。ルアンダのスラム街からやってきた者だったり、都会に出てきたばかりの田舎者だったり、ザイールから戻ってきたアンゴラ人もいれば、本当のザイール人もいた。高層住宅に住み慣れている人間は一人もいなかった。ある夜明け、ルドが寝室の窓から覗くと、十階A号室のベランダで女が放尿していた。十階D号室のベランダでは、五羽の鶏が昇る太陽を眺めていた。建物の裏には広々とした中庭があり、そこは数か月前まではまだ駐車場として機能していた。中庭は四方を高い建物に囲まれている。いまやさまざまな植物が生い茂って中庭を覆いつくしていた。中庭の中心のどこかに亀裂が生じて水がにじみ出て、建物の壁際に積み上がるゴミの山と土の小山まで水が流れ、そこに少し前から池ができていた。オルランドは、自分が子どもだった一九三〇年代の思い出話を好んでしていた。背の高い草をかきわけて池のそばで友だちと遊んでいると、ワニやカバの骨を見つけることがあったという。ライオンの頭蓋骨も。

ルドは池が再生する一部始終を見た。そして、カバが戻ってきたのも見たのだ(とはいえ、戻ってきたのは一頭のみだ)。だが、それは数年後のことである。この話は、追々することにしよう。独立から数か月の間、ルドと犬はツナ、鰯、ソーセージの缶詰を分けあった。缶詰がなくなると、豆のスープや米を食べた。そのころには、一日じゅう電気が使えない日が続いていた。ルドは台所で小さな火を焚くようになった。最初のうちは木箱や雑紙、ブーゲンビリアのひからびた枝などを焼いていた。次は不用な家具を焼いた。姉夫婦のベッドの底板を外そうとして、マットレスの下に革の小袋を見つけた。開ける前から中になにがあるかは想像がついた。思ったとおり、小さな宝石が数十粒、板張りの床に転がった。ベッドや椅子を燃してしまうと、今度は化粧タイルをはがしにかかった。分厚く、重たい木材はゆっくり燃え、美しい炎を作った。初めはマッチを使った。マッチがなくなると、オルランドの拡大鏡が役に立った。義兄はこれで海外の切手コレクションをしげしげと眺めていたものだ。毎朝十時ごろになると、台所の床に充ちる光を待った。当然ながら、天気のよい日にしか煮炊きはできなかった。

それから飢えがやってきた。数か月にも思えるような数週間、ルドはほとんど食べ物を口にしなかった。ファンタズマには小麦で粥を作って与えた。夜も昼もわからなくなった。目覚めると、激しい苦悩に苛まれながら主人の顔をじっと見つめる犬が目に入った。うとうとすると犬の熱い息を感じた。台所に行って、いちばん刃が長く、いちばん研いであるナイフを探して刀剣のように腰に縛りつけて持ってきた。彼女自身も眠る犬に屈みこんだ。何度も何度も、ナイフを犬の首筋に当てた。

夕方になり、夜が明け、するとまた同じ、始まりも終わりもない虚無があった。あるとき、突然テラスからけたたましい音が聞こえてきた。急いで上ってみると、ファンタズマが鳩をむさぼっていた。犬の首を引っ張ろうと前に乗り出すと、ファンタズマは前足を踏ん張り、主に歯をむいた。どろりと濃くどす黒い血だまりにはまだ羽根と肉の残骸がへばりついていて、犬の鼻先は血まみれだった。ルドはあとじさった。そのとき、いとも単純な造りの罠をこしらえようと思いついたのだ。小箱をひっくり返して棒切れに立てかけた。棒切れには糸が結わいてある。小箱の下には、ダイヤモンドを二、三粒置いておく。広げた傘の下にしゃがんで二時間ばかり待っていると、一羽の鳩がテラスにやってきた。鳩は酔っ払いのような千鳥足で近寄ったが、それから離れた。ばたばたと羽ばたくと、輝く空に飛んでいってしまった。だが、しばらくすると戻ってきた。今度は罠の周りを歩き、いぶかしげに糸をつついていたが、ちらちら光るダイヤに気を取られ、箱の下に入ってきた。ルドは糸を引いた。その午後はさらに二羽、鳩をつかまえた。それを調理し、体力を取り戻した。それから数か月でもっと多くの鳩を捕まえた。

長いあいだ、雨が降らなかった。ルドは、プールに貯まった水を花壇にまいた。やがて、ようやく低い雲の冷たいカーテンに裂け目ができて、ルアンダではカシンボと呼ばれる霧雨がまた降りはじめた。トウモロコシの茎が伸びた。インゲン豆は花が咲き、莢がついた。ザクロの木には紅い実がたわわに実った。そのころになると、街の空には鳩の姿が見えなくなりつつあった。ルドは罠にかかった最後の鳩の右脚に金具がついているのに気づいた。金具にはプラスチックの小さな筒がつけてあった。開けてみるとくじ引きのように丸めた小さな紙片が出てきた。小さな文字が紫色のインクで力強く書いてあった。

明日。六時に、いつもの場所で。くれぐれも気をつけて。愛してる。

もう一度紙片を丸めて、小さな筒に戻した。困った。飢えのせいで胃が痛む。それに、この鳩は一粒か二粒、すでにダイヤを呑みこんでしまっているのだ。ダイヤの残りはもうわずかで、そのうちいくつかは餌に見せかけるには大きすぎた。いっぽうで、この伝言には惹きつけられた。突如として、自分に力があるかのような心持ちになった。一組の男女の運命がここに、この手のなかにある、汚れのない恐怖にはためきながら。ルドは鳩を、この翼をもつ運命をぎゅっとつかむと、広い空に向かって放った。その日、ルドは日記を書いた。

鳩を待つ女のことを考える。郵便を信用していない――あるいはもう郵便は通じていないのだろうか。電話も信用していない――それとも、電話はとっくに機能していないのか。人間も信用していない、それは確かだ。人類はうまく機能したためしがない。その女が鳩を抱いているところが見える。その前に、震えるその鳩をわたしがこの手に抱いていたことなど知りもせずに。その女は逃げたいのだ。なにから逃げたいのかはわからない。崩壊したこの国からか、それとも息の詰まる結婚からか、他人の靴のようにきつく両足を押さえこむ未来からか。あの伝言に一言加えておこうかとも思った、「この使者を殺せ」と。だって、鳩を殺せばダイヤが見つかるだろうから。小屋に鳩を戻す前に、女はそれを読むだろう。そして朝の六時に相手に会う、たぶん背が高く、無駄のない動きをする生真面目な男だろう。うっすらとした悲しみが、逃亡の準備をする間、この男を照らすだろう。逃亡は、男を祖国の裏切り者にする。世界をさまよい、女の愛にすがり、まずは右手を左胸にあてなくては眠りに落ちることもできなくなる。

女はその仕草に気づくだろう。

どこか痛むの？

男は首を横にふる。いや。どうもしないよ。

うしなった子ども時代が痛むのだなどと、どう説明すればよいのか。

寝室の窓から覗くと、土曜の長々とした午後などには、十階A号室に住む女がベランダでトウモロコシの皮をむいているのが見えたりした。そのあと、女はフンジ[3]をこねた。それからベランダで魚を焼いたり、鶏の大きなもも肉を焼いたりするのも見えた。辺りには濃い煙が立ちこめ、香ばしいにおいが漂ってきて食欲を刺激した。オルランドはアンゴラ料理が好物だった。だが、ルドは黒人の料理を作るのを頑として拒んだ。今ではそれが悔やまれてならなかった。このところ、ルドが食べたいのはもっぱらシュラスコだった。そこで、夜が明けて最初の日光の粒をつつくベランダにいる雌鶏たちを見張ることにした。ある日曜の夜明けまで待った。街は眠っていた。窓から身を乗り出して、先端を輪にした細紐を十階A号室のベランダにたらした。十五分後、大きな黒い雄鶏の首を捕らえることに成功した。力をこめて思いきり引き上げた。驚いたことに、寝室の床に置いたとき、雄鶏はまだ生きていた（かろうじて、だが）。腰に提げたナイフをさっと振り上げて、鶏の首をはねようとしたそのとき、ひらめくものがあった。まだあと数か月分のトウモロコシがあるし、豆もバナナもあった。雄鶏と雌鶏のつがいがいれば、養鶏を始められるではないか。毎週、新鮮な卵を食べられたら素敵だろう。ふたたび紐を下ろすと、今度は雌鶏の脚がひっかかった。あわれな雌鶏はじたばたしてこの世の終わりのような声で騒ぎたて、羽根だの羽毛だのほこりだのをまき散らした。次の瞬間、その部屋の女の叫び声で建物じゅうが目を覚ました。

「泥棒！　泥棒！」

そのあと、とっかかりもない壁をよじ登ってだれかがベランダに入りこんで鶏を盗むことなど不可能だという話になって、泥棒と騒いでいた声は恐怖に震える嘆きに代わった。

「呪いだ……呪いだ……」

つづいて、確信に満ちた声も聞こえてきた。

「キアンダだ……キアンダ……」

ルドはオルランドからキアンダの話を聞いたことがあった。義兄はキアンダと人魚の違いをなんとか説明しようとしたものだった。

「キアンダとは神であり、善も悪も可能な力を持つ存在なんだよ。水、海の波、そして風の怒りから発せられる色とりどりの光を通してその力は顕われる。漁師たちは貢物を捧げる。わたしが子どものころ、この建物の裏にある池で遊んでいると、いつも供え物があった。キアンダは通りすがりのだれかをさらっていくこともある。さらわれた人たちは何日も経ってから、ずっと遠くで、ほかの沼や川のそばとか、どこかの浜辺なんかで見つかるんだ。そういうことはよくあった。いつのころからか、キアンダは人魚の姿で描かれるようになった。人魚になっても、その力は残ったんだ」

3　アンゴラの主食のひとつで、トウモロコシやキャッサバの粉を餅状にしたもの。

このように、つまり原始的な盗みと思いがけない幸運のおかげで、ルドはテラスで小さな養鶏を開始すると同時に、キアンダの神通力は実在するのだというルアンダ市民の信仰を強めたのだった。

チェ・ゲバラのムレンバ

池ができた中庭には、大木が一本生えている。

アンゴラの植生について書かれた本で、あれはイチジク科のムレンバという木だと知った。

アンゴラでは、王者の木、もしくは言葉の木とされている。というのは、部族の長や長老の女性たちが、仲間内で問題が起こるとその木の下に集まって話し合ったからだ。一番高い枝はわたしの寝室の窓に届きそうなほどだ。

ときどき、木の奥に、葉陰や小鳥たちのあいだから猿が一匹出てきて、枝から枝へと渡るのが見える。

飼われていたのだろうが、飼い主は逃げたか、それともあの猿を捨てたかしたのだろう。

あの猿には親しみを感じる。

あれは、わたしと同じで、この街にとってはよそものだ。

よそもの。

子どもたちは猿に向かって石を投げ、女たちは棒切れで追い払う。
猿に向かって怒鳴る。ののしる。

名前をつけた。チェ・ゲバラ。ちょっといたずらっぽく反抗的な目つきで、
王国も冠もうしなった王の尊大さがあるから。

一度、チェ・ゲバラがうちのテラスのバナナを食べているところに出くわした。
どうやってここまで上がってきたのかはわからない。
ムレンバの枝から枝へと渡っているうちに、窓の欄干まで届いたのだろう。
わたしは気にしない。バナナもザクロもわたしたちのぶんは
充分にある、さしあたりは。

ザクロの実を開くのが好きだ。実の灯に指をつっこみ、
かきまわすのも。ザクロ、という名の響きもふくめて好き。
実の中にある朝の光が好き。

ジェレミアス・カラスコの第二の人生

人生とはだれにとっても一度きりなものだが、そのなかでさまざまな人生を送ることはできる。ときには、人生を放棄することも。むしろ、そちらのほうがよくある。とはいえ、他人の皮膚をまとえる人間は、そうはいない。ジェレミアス・カラスコに起こったのが、まさにそれである。ぞんざいな銃殺刑のあとで目覚めると、百八十五センチの身長には短すぎ、組んでいた腕をほどくと両方とも脇にだらりと垂れてセメントの床に指が届いてしまうほど狭い寝台に寝ていた。口、首、胸に激痛が走り、恐怖を覚えるほどに呼吸が困難だった。目を開けると、色褪せてひびが入った低い天井が見えた。小さなヤモリが一匹、真上の天井に張りついて彼をじっくりと観察していた。夜が波打ち、芳香を放ちながら明けていくのが、正面の壁の天井近くの小さな窓を通して見えた。

俺は死んだのか、とジェレミアスは考えた。死んだのだ。あのヤモリは神か。

神にしては、これから俺に与える行き先を告げるのにためらいがあるかに見える。そのためらいのほうが、いま自分は創造者の目の前にいるのだということよりも、神が爬虫類の姿をしているということよりも、奇妙に思えた。ジェレミアスは、ずっと昔から、自分は地獄の業火に永遠に焼かれるにちがいないと思っていた。あれだけ多くの人間を殺し、痛めつけたのだから。初めのうちこそ、義務として命令に従って残虐行為を働いたのだとしても、次第に好んでやるようになったのだから。他人を夜じゅう追いかけ回しているときだけ、全身が目覚めているのを感じたのだ。

肚《はら》をくれよ、とジェレミアスはヤモリに言った。いや、言おうとした。その口から出たのは、もつれたかすかな音だけだった。もう一度試してみたが、悪夢を見ているときのように、出てくるのはやはり暗い音だけだった。

「しゃべってはだめ。というか、あんたは二度としゃべれないよ」

これは神からの永遠の沈黙の宣告かと、ジェレミアスはこのとき一瞬考えた。しかし目玉を右側に動かしてみると、ドアにもたれた巨体の女がいた。その両手が、短くかぼそい指をした両手が、話す女の前で踊った。

「昨日、あんたが死んだっていう記事が新聞に出てた。写真がちょっと古かったからね、あんただと気づかないところだった。極悪人だと書いてあったよ。あんたは死んで、生まれ変わって、新しくやり直せるんだ。無駄にしちゃいけないよ」

マダレナは五年前からマリア・ピア病院で働いていた。その前は修道女だった。あのとき、近所の女が遠くから傭兵たちの銃殺を目撃して彼女に連絡したのだ。マダレナは一人で車を運転して現場に向かった。二人のうち一人はまだ息があった。一発の弾丸がその男の胸を貫通したものの、生死にかかわる臓器は奇跡的に無傷だった。もう一発は口に入り、門歯を二本砕いてから喉に穴を空けて抜けた。

「どういうことだったんだろうね。あんた、歯で弾丸を食い止めようとでもしたの？」そう言うと、マダレナは身体を揺らして笑った。光も彼女と一緒になって笑っているようだった。「ものすごい反射神経だよ、あんたは。考えとしても悪くない。歯に当たっていなかったら弾道が違っていただろうね。そうなれば、死んでたか、全身麻痺かのどちらかだったよ。病院には連れていかないほうがいいだろうと思ったんだ。手当を受けて回復したところで、また銃殺されるだけだもの。ということで、しかたない、手に入るだけのものであんたの面倒をあたしが一人でみたってわけさ。あとはあんたをルアンダから連れ出すだけだね。いつまで匿《かくま》っていられるかはわからないよ。あいつらに見つかったらあたしまで銃殺だ。できるだけ早いとこ、南に行こう」

マダレナはそのまま五か月ほど、ジェレミアスを匿った。ジェレミアスはラジオを聴いて、政府軍の厳しい進軍の道筋を追った。政府軍はキューバの支援を受け、ＵＮＩＴＡ（アンゴラ全面独立民族同盟）、ＦＮＬＡ（アンゴラ民族解放戦線）、南アフリカ軍、ポルトガルや英国、米国の傭兵たちとの間に突発的に同盟が結ばれる危うい軍隊と戦っていた。

ジェレミアスはカスカイス（リスボン近郊のリゾート地）の砂浜でプラチナブロンドの女と踊っていて、戦争に行ったこともなければ、だれかを殺したことも拷問にかけたこともなかった。そのとき、マダレナに揺り起こされた。

「隊長さん、出発だよ！　今日行かないと、二度と出られない」

ジェレミアスはやっとのことで起き上がった。闇に響く激しい雨音が、この時間に走る数少ない車の音をかき消していた。二人は、古いシトロエン２ＣＶに乗りこんだ。汚れた黄色の車体は錆びついて半分崩れかけていたが、エンジンだけは完全な状態だった。ジェレミアスは後部座席に横たわり、本が詰まった山積みの段ボールの下に隠れた。

「本は尊敬の念を抱かせるからね」とマダレナは説明した。「ビールの箱なんかを運んだりしたら、兵士たちに隅から隅まで車を調べられちまう。それどころか、モサメデス（ナミベの旧称。アンゴラ第四の港町）に着く前にそのビールは全部なくなってるだろうね」

思惑は当たった。いくつもの検問所を通ったが、本を見ると途端に兵士たちは姿勢を正し、失礼いたしました、とマダレナに言ってそのまま通した。空気の薄い朝、二人はモサメデスに入った。錆びついた車体に空いた小さな穴から外を覗いたジェレミアスは、小さな町が葬式に参列している酔っ払いのように、だらだらと旋回しているのを見た。この数か月前に南アフリカ軍がルアンダに進軍する途中でこの町を通り、工兵とムクバル族で構成された地元の軍をあっさりと壊滅させていったのだ。

マダレナはどっしりと建つ青い屋敷の前に車を停め、ジェレミアスを灼熱の車内に残したまま出ていってしまった。ジェレミアスは大汗をかき、息が苦しくなってきた。捕まる危険を冒してもこのまま死ぬよりましだ、と外に出たくなった。だが、段ボールを動かすことができなかった。そこで、車のドアを内側から蹴りはじめた。それに一人の老人が応えた。

「だれだ?」

つづいて、マダレナの柔らかい声がした。

「ヴィレイに仔ヤギを持ってきたんだよ」

「ヴィレイに仔ヤギだと?　はっはっは、ヴィレイに仔ヤギとはな!」

車が動き出すといくらか涼しい風が入ってきて、ジェレミアスはほっとした。それからさらに一時間、車はガタガタと走った。秘密の道のようで、その風景はジェレミアスの目に、強風と石と埃と鉄条網で作られているかのように映った。そして、車はようやく停まった。大勢の賑やかな声が車を囲んだ。後部座席のドアが開き、だれかが箱を次々にどけた。するとそこには興味津々の十数人の顔があった。女たちは身体を赤く塗っていた。成人女性もいたが、思春期の少女たちもいて、とがった胸とふくれた乳首をしていた。少年たちは背が高く、頭のてっぺんに髪の毛の束があった。

「あたしの亡くなった父は、この砂漠で生まれたの。ここに埋葬されている。ここの人たちは父のことを深く尊敬してるんだ」とマダレナは説明した。「いつまでも必要なだけ、あんたの世話をして匿ってくれるよ」

傭兵のジェレミアスは地面に座り、両肩をそらした。その姿は行進する裸の王のようでもあり、ムティアティの木のとげのある影のようでもあった。子どもたちが一緒になって彼を取り囲み、触り、髪の毛を引っ張った。少年たちは大声で笑った。この男の厳しい沈黙、遠くを見るまなざしが彼らの好奇心をそそったのだ。暴力と騒動の過去を匂わせるなにかをみんなは感じとったのだ。マダレナは軽く会釈して、彼に別れを告げた。

「ここで待っていてね。迎えが来るから。状況がすっかり落ち着いたら国境を越えてアフリカ南西部に行けるはずだよ。あんた、白人のお友だちがたくさんいるんでしょ」

そのまま何年も過ぎていった。数十年。ジェレミアスが国境を超えることはなかった。

五月二十七日

今朝のチェ・ゲバラはとても落ち着きがなかった。
枝から枝へと飛び移っては、叫んでいた。

しばらくして、居間の窓から男が一人、走っているのが見えた。
背が高くがりがりに痩せていて、びっくりするほど敏捷だった。
兵士が三人、男のすぐ後を追っていた。数秒も経たないうちに通りの角から
群衆がどっと出てきて、兵士たちに加勢しはじめた。
男は目の前に飛び出してきた自転車に乗った少年とぶつかり、
埃だらけの道に転がった。あと一歩で捕まるというところで、男は自転車に飛び乗り、
また逃げはじめた。そのときにはもう第二の集団が百メートルほど向こうに
できていて、彼に石の雨を浴びせた。哀れな男は狭い横道に入っていった。
わたしのように高いところから見ていたら、そっちには行かなかっただろう。
行き止まりだったのだから。しまったと思った男は自転車を捨てて壁をよじ登りはじめた。

大きな石がうなじを直撃して彼は落ちた。

みんなが男に一斉に襲いかかった。痩せた身体を何人もの男が蹴りつけた。するとー人の兵士がピストルを高々と挙げて空に向かって一発撃ち、道を開けさせて割りこんできた。男に手を貸して立たせるあいだも、ピストルは群衆に向けたままだった。

さらに二人が大声で命令し、騒ぎを鎮めようとした。とうとう、集団を散らして、捕らえた男をワゴン車まで引っ張っていって乱暴に乗せると、そのまま去っていった。

もう一週間以上電気が来ない。だからラジオも聴けない。

なにが起こっているのか知りようもない。

銃声で目が覚めた。しばらくして、居間の窓からあの痩せた男が走っているのを見た。ファンタズマは一日じゅう落ち着かず、自分の恐怖の周りをぐるぐると周り、爪を噛んでいた。

わたしは隣のアパートから聞こえてくる怒鳴り声に耳を澄ませた。

男たちが大勢で言い合っていた。それから静まり返った。わたしは眠れなかった。

朝の四時に屋上に出た。夜は、井戸のように、星々を呑みこんでしまっていた。

後部ドアを開けたままのピックアップトラックが一台、何人もの死体を載せて運んでいった。[4]

4　一九七七年五月二十七日、ネト大統領に対するクーデター未遂事件（フラシオニズモ）が起きた。この後、反ネト派の大規模な粛清が行なわれた。

理屈のずれについて

モンテは尋問が嫌いだった。長い年月、その話は避けてきた。同じようにして、七〇年代を思い出すのも避けていた。社会主義革命の継続のためとして、秘密警察の人間であれば、遠回しに言ってやや行き過ぎた手段を講じることが認められていた時代である。独立後の恐怖の数年間、反政府主義者《フラシオニスト》や極左に傾倒する若者たちを尋問するあいだに人間性というものについてたっぷり学んだのだと、モンテは友人たちに吐露した。そして、なかなか屈服しない厄介な相手は幸福な幼年時代を過ごした人間だ、と断言した。

そのとき、彼の頭にあったのはおそらくペケーノ・ソバ（小さな族長）だろう。

ペケーノ・ソバ、洗礼名アルナルド・クルスは、収監されていたときの話をしたがらない。幼い頃に両親をうしない、菓子屋を営んでいた父方の祖母ドゥルシネイアに引きとられた彼は何不自由なく育った。ところが、高校を卒業し、これから大学に入って学士さまへの道を進むかという周囲の期待をよそに政治活動に入れこんで逮捕された。モサメデスから百キロ余りのサン・ニコラウ収容所に入れられて四か月ほどしたころにポルトガルでカーネーション革命[5]が起き、彼は英雄としてルアンダに舞い戻った。いつか孫は大臣になるだろうとの祖母ドゥルシネイアの確信もむなしく、政治に鼻はきかないくせに首ばかり突っこみたがるペケーノ・ソバは、アンゴラ独立の数か月後、当時は法科の学生だったのだが、また逮捕されてしまった。祖母はこの報せに耐えきれなかった。数日後、心臓発作を起こして世を去った。

ペケーノ・ソバは棺桶に入って脱獄したのだが、この途方もない逸話についてはのちほどゆっくり語るとする。今度は外界に出ると身分を隠して暮らした。ところが、老いたおばの家に身を寄せて暗い部屋や、なかには物置などに逃げこんで過ごす仲間たちもいたというのに、彼は正反対の行動をとった。万人の目につくものに目をとめる者はいない、と考えたのだ。ということで、ぼろをまとい、伸ばした髪を泥やタールで汚し、ぐしゃぐしゃにもつれさせた。ピストルを携帯し、昼夜を問わず街をパトロールしている警察による一斉検挙から逃げおおせるため、ペケーノ・ソバは存在を消して、狂人を装った。だが、本当におかしいと見せかけ、他人の目にもおかしく映るようにするには、どこか少しずれたところが実際にないことには欺けない。

「半分眠ってるみたいなもんだ」とペケーノ・ソバは説明した。「自分の半分は目を光らせて、半分はぼんやりさせる。人前で見せる自分はぼんやりしているほうにするんだ」と。

社会からは見えない存在となり、半分呆けたようになって、明晰なほうの自分はしばしの隠密の旅に出しているときに、ペケーノ・ソバは鳩を見つけた。

「何日もろくに食べてなかったんだ。立つのもやっとで、風がそよとでも吹きゃ倒れちまう、って感じでね。そこでぼくはパチンコを作った。枝とゴム弾で、カタンボール地区あたりでネズミでも捕まえられりゃいいなと思って。そうしたらそこに鳩が下りてきた。純白の鳩は光り輝いて周りを照らしていたよ。ぼくは思ったね、あれは聖霊だって。石を探して、鳩を狙って撃った。急所に大当たりして、地面に倒れる前にはもうこと切れていたはずだ。そのとき、すぐにその足首にプラスチックの小さな筒がくっついていることに気づいた。開いて、中の紙切れを取り出したらこう書いてあった。**明日。六時に、いつもの場所で。くれぐれも気をつけて。愛してる。**

「鳩をさばいて焼こうと腹を裂いたら、ダイヤが出てきた。どういうことなのかすぐにはわからなかった。ぼくはてっきり神さまがダイヤを恵んでくださったんだと思った。あの手紙ですら、神さまがぼくに宛ててくれたメッセージだと思った。ぼくがいつもうろついてたのはレロ書店の前だったもので、翌日、ぴったり六時にそこに行って神さまのお告げがあるのを待ったんだよ」

神は歪んだ線をもってまっすぐに書くというが、そのお告げは、つやつやした顔にいつも明るさをたたえた巨体の女性を通して与えられた。その女性は古いシトロエンから降り、ペケーノ・ソバのほうにまっすぐやってきたのだが、彼はそのときゴミのコンテナの後ろに半分身を隠して彼女を見ていた。

「そこの美男子さん！」マダレナは叫んだ。「手を貸してちょうだい」

ペケーノ・ソバはおずおずと出てきた。その女性は、彼のことをずっと観察してきたのだと言った。身体のどこにも支障がないどころか、まったくもって健康な男が毎日地面に横になっておかしなふり

5 一九七四年四月二十五日、ポルトガルで四十年以上続いた独裁政権が軍の反乱によって転覆。それを機に、植民地のアフリカ諸国の独立も次々に進んだ。革命は無血に終わり、大勢の市民がカーネーションを兵士に手渡したため、別称「カーネーション革命」という。

をしているのは見るに忍びなかったと。その言葉を聞いてこの脱獄者はしゃんと背筋を伸ばし、憤慨して言い返した。

「俺は完全にイカレちまってるんだって！」

「言うほどおかしくはないね」と看護師のマダレナが制止した。「本当におかしい人は、自分はまともだと見せかけようとするもんだよ」

マダレナはヴィアナ地区の近くにある小さな農園を相続していて、都市では手に入りにくい果物や野菜を育てていたのだが、そこの管理をしてくれる人を探しているのだと言った。ペケーノ・ソバは申し出を受け入れた。いかにもという理由があったからではない。空腹を抱えていたから、あるいは農園なら毎日食事にありつけるだろうと思ったからではない。さらに、そこにいれば軍や警察その他の追跡者の目から逃れられるだろうと思ったからでもない。これこそ、神の思し召しだと信じたから受けたのだ。

五か月後、栄養をとり、なによりもしっかり睡眠をとるようになった彼の頭はすっかり明晰さを取り戻した。しかし、不幸なことに、その明晰さは良識の敵でもあった。もう五、六年はぼんやりと過ごしていたほうがペケーノ・ソバのためだったのかもしれない。頭が冴えてくると、疑念も戻ってきた。祖国の没落を思うと、彼の魂は、血の通った内臓のように痛んだ。牢獄に置いてきた同志の行く末を思うとなおさら痛みは増した。そうして、少しずつかつての関係を取り戻していった。サン・ニコラウ収容所で知り合った若いサッカー選手のマシエル・ルカンバとある計画を立てて夢想した。収監者たちを脱獄させ、みんなで引き網船に乗ってポルトガルへと逃げていくのだ。ダイヤのことは、一度もだれにも話さなかった。マシエルにすら。ダイヤは売って、その一部を計画の資金にしようと考えていた。ただ、だれに売ればよいのかわからなかったし、それについてじっくり考える時間もなかった。ある日曜の昼下がり、むしろを敷いてひと休みしていたところに突然二人の男が押し入ってきて捕まったからだ。マダレナも捕まったと知って、ペケーノ・ソバは胸が痛んだ。

尋問したのはモンテだった。マダレナも計画に加担していたという証拠をなんとかつかもうとしていた。マダレナが助けたと思われるポルトガル人の傭兵の隠れ場所を教えれば二人とも解放してやろうと言われた。ペケーノ・ソバは真実を述べてもよかったのだ、そんな傭兵の話なんぞ聞いたこともないと。それでも、この諜報員と一言でも二言でも交わせば相手の正当性を認めたことになると思い、ただ地面に唾を吐き散らしただけだった。その頑固さゆえに、ペケーノ・ソバは身体に傷を負うこととなった。

収監されているあいだもずっと、ダイヤは手元に持っていた。監視も、ほかの囚人たちも、いつも他人を気遣っているこの控えめな若者がひと財産を隠し持っていようなどとはよもや思いもしなかったのである。一九七七年五月二十七日の朝、突然の轟音でペケーノ・ソバは飛び起きた。銃声だ。どこかのだれかが彼の監房の扉を開け、叫んだ。出たいなら出られるぜ。反政府主義者《フラシオニスト》が刑務所を占拠したのだ。ペケーノ・ソバは幽霊のようにひそやかに動乱の中をかいくぐっていったが、そのときは、頭が錯乱したふりをして街をさまよっていたときよりもなお、自分の存在が透明になったような気がしていた。中庭ではプルメリアの木陰に名高い詩人が座っていた。彼女は愛国主義的な行動をとったという咎で、ペケーノ・ソバと同じく独立の数日後に逮捕されていて、政府に対して批判を向ける知識人たちの流れをつくった罪に問われていた。ペケーノ・ソバは詩人に、マダレナのことを知っているかと訊ねてみた。数週間前に解放されているはずだった。警察はマダレナが関係したという証拠はなにも見つけられなかったのだ。「素晴らしい女性ね！」と詩人は言った。そしてペケーノ・ソバには刑務所を出ないようにと忠告した。この暴動はすぐに息の音をとめられ、脱獄者はさっさと連れ戻されるや拷問を受けるか銃殺刑に処されるだろうと彼女は考えていた。「血の海になるわよ」と彼女は言った。

ペケーノ・ソバもそうなるだろうと思っていた。だが、詩人をぎゅっと抱きしめると、彼は目を眩ませながら外のまばゆい光の渦の中へと出ていった。マダレナを探そうかとも思った。できるかぎりの謝罪がしたかったのだ。だが、そんなことをすればマダレナにいっそう迷惑がかかるだろうとも承知していた。警察は、彼を捜すためにはまず彼女の家に行くだろう。そこで胸に痛みを抱えながら街をただふらふらと歩き回り、ときにはデモ行進する団体に距離を置いてついていってみたり、大統領に忠誠を誓う一団の横を歩いてみたりした。あちらこちらへうろうろして次第に自分の居場所も定かでなくなったころ、一人の軍人が彼の顔を見てはっとした。そして、ペケーノ・ソバに向かって「フラシオニストト！　このフラシオニストめ！」と怒鳴り、後を追いかけてきた。数秒のうちに彼を狩ろうと群衆が集まってきた。ペケーノ・ソバは身長が百八十五センチあり、脚が長かった。十代のころには陸上競技をやっていた。それでも、狭い監房で過ごした数か月のせいで体力がうしなわれていた。初めの五百メートルほどで追っ手との距離をあけることができたので、このまま逃げ切れるだろうと思った。ところが、騒ぎを聞きつけてどんどん人が集まってきた。胸が苦しくなった。汗が目にも流れこみ、視界を妨げた。そのとき目の前に突然、自転車が現われた。よけきれず、そのまま突っこんでしまった。立ち上がると自転車に飛び乗り、また距離をあけることができた。右に曲がった。袋小路だった。自転車を捨てて壁を飛び越えようとした。石がうなじを直撃し、口に血の味を感じて目が回った。と、次の瞬間には手錠をかけられ両脇を軍人に挟まれて、車の中にいた。だれも彼もが怒鳴っていた。

「お前は死ぬんだ、ヤモリめ！」と運転している男が唸るように言った。「お前らを全員殺せと命令が出ている。その前に、一枚ずつ爪をはがしてやるからな。知っていることを全部吐け。仲間の名前を全部教えるんだ」

結局、爪は一枚もはがされなかった。次の交差点でトラックに乗り上げられ、車は側道にぶつかって止まった。衝突しなかった側のドアが開いて軍人のひとりと共にペケーノ・ソバは放り出された。なんとか立ち上がると、自分の血と他人の血とガラスの破片を払い落とした。なにが起きたのかを理解する時間などなかった。屈強な男がひとり、六十四本の歯をきらめかせてでもいるかのような笑みをたたえて彼に近づいてくると、自分の上着をペケーノ・ソバの手錠に被せて隠し、そこから引っ張り出してくれた。その十五分後、彼らは瀟洒ではあるが損傷の激しい建物に入っていた。十一階まで階段で上った。ペケーノ・ソバは右脚が折れているような気がしていて、片足をひきずりながら上っていった。

「エレベーターが動かなくてなあ」と輝く笑みの男が謝った。「森から来た連中がエレベーターにゴミを捨てやがるんだ。上までゴミが詰まっちまってる」

十一階の部屋に招き入れられた。居間の壁はショッキングピンクに塗られ、幸福感があふれるこの部屋の所有者を油絵で描いた見事な肖像画が掛かっていた。女が二人、携帯ラジオを前にして床に座りこんでいた。片方はだいぶ若いようで、赤ん坊に乳をやっていた。二人ともこちらを見もしなかった。輝く笑みの男は椅子を引き、ペケーノ・ソバに座るようにうながした。ポケットからクリップを取り出すと、それをまっすぐに伸ばした。かがみこんでクリップを手錠の鍵穴にもぐりこませ、三つ数えると、鍵は開いた。男はリンガラ語（コンゴで話されるバントゥー語族の言語）でなにか叫んだ。年長のほうの女が立ち上がり、黙ったまま部屋の奥へと姿を消したが、少しするとクカ（アンゴラ産のビール）を二瓶持って戻ってきた。ラジオからは怒りに満ちた大声が聞こえてきた。

やつらを見つけろ、つかまえろ、撃ち殺せ！

輝く笑みの男は頭を振った。

「こんなことのために独立したんじゃない。怒り猛った犬の群れのようにアンゴラ人同士で殺し合うためなんかじゃない」

そしてため息をついた。「傷の手当てをしてやらないとな。それから、少し休んだほうがいい。部屋がひとつ余っている。混乱が収束するまでここにいればいい」

「収束まで、だいぶかかるかもしれませんよ」

「収束するさ、同志よ。悪事にも休息が必要だろう」

反抗的なアンテナ

孤立生活を始めてから数か月間、ルドはテラスに出るのにも傘という防具を手放さなかった。のちに、傘は長い段ボール箱に取って代わった。目の位置に二つの小さな穴を開けて外を覗けるようにし、両脇のやや下に同じくそれぞれ穴を開け、そこから腕を出して箱をかぶる。こうして装備すれば畑仕事ができた。植えたり、収穫したり、雑草をむしったり。ときには、テラスから身を乗り出して眼下に沈む街を恨めしく観察した。同じくらいの高さの建物から見ている人がもしもいたならば、箱が動き、身を乗り出し、また収穫作業に戻っているように見えたはずだ。

雲が街を取り巻いていた。クラゲのように。

雲はルドにクラゲを連想させた。

人が雲に見るのは、その形ではない。絶えず形を変える雲にはもとよりどんな形もない、あるいは雲はあらゆる形を持つのだが、人がそこに見るのは自分の心が切望しているものである。

心、という言葉に心地よさはないだろうか。

言葉を変えてみよう。魂、無意識、幻想、どれでもいい。どの言葉もしっくりこないはずだ。

ルドは雲を眺め、そこにクラゲを見た。

独り言を口にする癖がつき、同じ言葉を何時間でもずっと繰り返すようになった。さえずり。ぴいちく。鳥の群れ。翼。羽ばたく。さえずり。ぴいちく。鳥の群れ。翼。羽ばたく。さえずり。ぴいちく。鳥の群れ。翼。羽ばたく。さえずり。ぴいちく。鳥の群れ。翼。羽ばたく。言葉はどれも口のなかでチョコレートのように溶け、幸福だったころの記憶がよみがえる。そうした言葉を口にすることで、記憶をたどることで、ルアンダの空に鳥たちを呼び戻すことができると信じていたのだ。もう何年も、鳩もカモメも、はぐれた小鳥すら一羽たりとも見かけていなかった。夜になるとコウモリは飛んだ。だが、コウモリの飛翔は鳥のそれとはまったく違う。コウモリは、クラゲと同じく、実質のない生きものなのだ。影をよぎるコウモリを見ても、あれに肉があり、血があり、形のある骨があり、体温があり感情があるとはとうてい思えない。何者をも寄せつけない形、瓦礫のあいだを渡る素早い幽霊、そこにいたかと思えばもういない。ルドはコウモリが大嫌いだった。鳩よりさらに見かけないのは犬で、犬よりさらに見かけないのは猫だった。真っ先に姿を消したのが猫たちだ。犬たちはそれでも数年の間は街の通りでなんとか生き延びていた。血統書つきの犬たちの群れ。華奢なグレーハウンド、くぐもった声の重たいマスチフ、陽気なダルメシアン、神経質なポインター、さらに二、三年経つと、高貴な血統とあれやこれやの犬が交じって生まれた汚らわしい雑種犬たちがいた。

ルドはため息をついた。窓の前に腰を下ろした。そこからだと空しか見えない。低く暗い雲、暗闇にその座をほとんど譲った青空の一片。チェ・ゲバラを思い出した。壁から壁を伝い、テラスや屋根を駆け抜け、ムレンバの巨木の梢に逃げこむ姿をよく見かけたものだ。あの猿を見ると元気が出た。

似たもの同士だ。どちらも街という賑やかな生命体に属さぬよそもの。みんな、猿に石を投げつけた。毒を仕込んだ果物を放って与える者もいた。猿はうまく逃げた。果物のにおいを嗅ぐと、嫌悪の表情を浮かべて近寄らなかった。少し場所を移動すれば、ルドのいる位置からパラボラアンテナが見える。何十本、何百本、何千本というアンテナが、菌類のように建物の屋根からにょきにょきと生えていた。だいぶ前からアンテナはどれも北を向いていた。ただ一本を除いては。反抗的なアンテナだ。あれもまた場違いなもの。あのアンテナが仲間たちに背を向けているあいだは、自分は死なないような気がしていた。チェ・ゲバラが生きているあいだは、自分も死なない。ところが、このところ二週間以上、猿の姿を見なかった。さらにはこの明け方、なんとなく屋根のほうに目をやると、あのアンテナが北を向いていたのだ――仲間と同じ方向を。騒々しく分厚い闇が川となり、ガラス窓にどっと押し寄せてきた。突然、激しい光がすべてを照らし、ルドは自分の影が壁に叩きつけられるのを見た。次の瞬間、轟音がとどろいた。ルドは目を瞑った。ここでこうして死ぬのならば、一瞬の光明に照らされ、外では空が勝ち誇って自由に揺れている、こういうなかで死ぬのならば、それもよいかもしれない。

数十年間、だれにも発見されずに。アヴェイロを思い、自分はとっくにポルトガルの人間ではなくなっていたのだと気づいた。自分はどこの人間でもない。あそこは、自分が生まれたあの土地は、寒かった。あの狭い道、向かい風や荒天のなか、頭を低くして歩く人々の姿を鮮明に思い出した。自分のことを待つ人はどこにもいない。

目を開く前から、嵐は過ぎたとわかった。空が明るくなっていた。陽射しがルドの頬を温めた。屋上から呻き声や細い唸り声が聞こえてきた。横になっていたファンタズマが飛び起き、寝室を駆け抜けて居間に向かい、つまずきそうになりながら螺旋階段を上って見えなくなった。ルドも後を追って走った。ファンタズマはバナナの木に追いつめられている猿に向かって、頭を低くして緊迫した唸り声を立てていた。ルドは犬の首輪をきつくつかむと、自分のほうに引っ張ろうとした。すると、このジャーマン・シェパードは歯向かってきた。ルドに向かって、今にも噛むぞと言わんばかりに。ルドは、左手で一度、さらにもう一度、犬の鼻先を殴った。ファンタズマはようやくあきらめ、ルドに引っ張られるがままになった。ルドは犬を台所につなぐと、ドアを閉め、ふたたびテラスに戻った。チェ・ゲバラはまだそこにいたが、怯えた目を見開いてルドを観察していた。これほど強烈な人間性をたたえた瞳を、ルドはどの人間にも見たことがなかった。猿の右脚には深い傷があった。つい先ほど刃物ですぱんと斬られたように、まっすぐな傷。血が雨水と混じり合っていた。

ルドは台所から持ってきたバナナの皮をむいて、腕を差し出した。猿は鼻先を近づけた。傷が痛むのか、それとも不信感のせいなのか、頭を振った。ルドは優しい声で呼びかけた。

「おいで。おちびさん、おいで。手当てしてあげるから」

猿は脚を引きずり、悲しげに鳴きながら近づいてきた。ルドはバナナを放り、猿の首根っこをつかんだ。そして腰に提げていたナイフを左手で握ると、痩せた肉に切っ先を埋めこんだ。チェ・ゲバラは叫び声をあげ、ルドの手を逃れ、腹にナイフを刺したまま、大きく二度跳ねて壁際に行った。そこで壁にもたれたまま動きを止め、嘆きながら血をどくどくと流していた。ルドは床にへたりこみ、疲労困憊して、やはり泣いていた。長い時間、二人とも互いを見つめ合いながらそのままでいたが、そのうちに雨がまた降ってきた。そこでルドは立ち上がると、猿に近づき、勢いよくナイフを下ろして首をはねた。

翌朝、肉に塩を振っていたルドは、ふと反抗的なアンテナがまた南を向いていることに気がついた。

いつものと、さらにもう三本が。

日々は流れる　液体のごとく

日々は流れる、液体のごとく。文字を綴る帳面が尽きた。ペンもない。
だからわたしは壁に書く、炭の欠片で、簡素な詩を。
食べものを、水を、火を節約し、形容詞も節約する。
オルランドのことを思う。初めは大嫌いだった。それから次第に
好ましくなった。誘惑的といえたかもしれない。
男が一人、女が二人、
一つ屋根の下で――危険な結びつき。

俳諧

貝となり　想いに沈む
私の珠　あまた抱き
散りばりてゆく　深き淵に

偶然にも華奢な建築で

輝く笑みの男はビエンヴェニュー・アンブロジオ・フォルトゥナトという名であった。だが、そんな名前を知る人間はほとんどいなかった。六〇年代の終わりに「パピー・ボリンゴ」と題したボレロを作曲したところ、フランソワ・ルアンボ・ルアンゾ・マキアディ、別名フランコが演奏してたちまち人気を博し、キンシャサのラジオでは昼夜を問わずこの曲がかかるようになったものだから、それ以降、この曲名がギター弾きでもあるこの若い作曲家の通称となり、そのまま生涯を通じてその名で呼ばれたのだった。二十代の前半でジョゼフ＝デジレ・モブツ、もしくはモブツ・セセ・セコ・クク・ンベンドゥ・ワ・ザ・バンガ[6]率いる政府に追われ、パピー・ボリンゴはパリに亡命した。パリでナイトクラブの守衛として働きはじめ、のちにサーカスのオーケストラでギター奏者となった。祖国の先人たちについてあらためて知るようになったのは、フランスには数少ない同国人たちと交流したことがきっかけだった。アンゴラが独立するや、すぐに荷物をまとめてルアンダ行きの便に乗りこんだ。結婚式や、ザイールから帰還したアンゴラ人たち、故郷を懐かしむザイール人たちが催す個人の

6　ザイール（現コンゴ民主共和国）の大統領。親米反共の立場を取りつつ、一九六五年から九七年まで強権的な独裁政権を率いた。

パーティなどで演奏した。日々のパンを得るのにも苦労したが、国営ラジオで音響技術者として働いて糊口をしのいだ。五月二十七日の朝、暴漢がラジオ局になだれこんできたときは仕事中だった。つづいてキューバの兵士たちがやってきて、平手打ちと足蹴によって場を鎮め、放送の秩序を取り戻すのを目撃した。

動揺が収まらぬまま職場を出ると、軍のトラックが一台の車に突っこんでいくのを目撃した。車内の怪我人を助けようと走り寄ると、恰幅のよい男の顔に見覚えがあった。太く短い腕をしたこの男にラジオ局で尋問されたことがあったのだ。それから背が高くミイラのように痩せた若い男にも気づいたが、その手首には手錠がかけられていた。迷いはなかった。その若者に手を差し伸べ、立ち上がらせると、手錠を自分の上着で隠してやり、自分の住むマンションの部屋へと連れてきた。

「なぜ助けてくれたんです」

この音響技術者の部屋に匿ってもらった四年間、ペケーノ・ソバは幾度となくこの問いを男に投げかけた。だが、友人はめったに答えなかった。自由な男らしくかっかと声高に笑って頭を振り、話をそらすのだったが、ある日、真剣な顔で彼に向き直った。

「俺の親父は神父だったんだ。よい神父、よい親父だった。今でも俺は、子どものいない神父[7]は信用できないと思っている。父親にならずしてどんな神父になれるっていうんだ？　親父は、弱き者を助けよと教えてくれた。あのとき、あそこで伸びていたお前さんは、相当か弱そうに見えたんだ。それにな、あの警備隊の一人の顔を知っていたんだよ。うちの局に来て尋問して回った男だ。思想警察は好きじゃない。昔からな。それで、自らの意識がおもむくままに行動したのさ」

ペケーノ・ソバは数か月にわたり隠れたままでいた。最初の大統領が死ぬと、取り締まりがわずかに緩みを見せはじめた。政治犯は、武装した反政府側との結びつきがなければ釈放された。なかには、公的機関での地位を与えられた者もいた。不安と好奇心との間で揺れながらもルアンダの街に出てみると、自分は死んだと思われていることをペケーノ・ソバは知った。葬式に参列したと断言する友人もいた。共闘した同志のなかには、ぴんぴんしているペケーノ・ソバを見て、どことなくがっかりして見える者もいた。マダレナは報せを聞いて大喜びした。彼女は、この数年で「石のスープ」と名づけた非政府組織を作っていて、ルアンダのスラム街の住人たちの食生活の改善に取り組んでいた。街の中でもとりわけ貧しい地域を回っては、粗末ながらも手に入る食材で子どもたちにできるかぎりの栄養を取らせるようにと母親たちに教えていた。

「お金なんてたいして使わなくたって、もっといい食事はできるものなの」とマダレナはペケーノ・ソバに言った。「あんたやあんたのお仲間は、『社会正義』だの『自由』だの『革命』だのごたいそうなことを言って口が満たされるんだろうさ。だけど、その傍らで人が痩せ衰え、病気になり、大勢が死んでいる。演説は栄養にはならないよ。国民が必要としているのは新鮮な野菜と、ちゃんとしたムゾンゲ（魚入りのスープ。アンゴラの郷土料理）をせめて週に一度は口に入れることだよ。あたしに言わせればね、革命ってのは、まず国民を食卓に座らせることを先にしようって、そういうものでなくちゃね」

若いペケーノ・ソバの心が動いた。それからは、わずかな報酬と三度の食事と寝床、清潔な着替え

7　カトリックの神父は妻帯を禁じられている。

をもらい、マダレナについて働くようになった。そうしているうちに、歳月が過ぎた。塀は崩れた。平和がやってきて、選挙が行なわれ、そして内戦がふたたび戻ってきた。社会主義のシステムは構築した者の手によって崩壊し、これまでにないほど強固な資本主義がふたたび現われた。ほんの数か月前まで、ブルジョワ民主主義反対、と家族との昼食の席で、パーティで、集会で、新聞記事で息巻いていた男たちが、今は高級ブランドの服に身を包み、ぴかぴかの車を乗り回していた。

ペケーノ・ソバは、預言者のようなひげを痩せた胸に届くほど伸ばしていた。あいかわらず華奢で、ひげはあっても若々しさはそのままだった。それでも、歩くときはわずかに左に身体を傾けて歩くようになっていた。まるで、体の内側で吹き荒れる暴風に押されて歩いているかのように。ある午後、高級車が連なって通るのを見て、ふいにダイヤモンドのことを思い出した。パピー・ボリンゴに教えられてロッケ・サンテイロ市場まで出かけていった。手にはある人物の名前を書きつけた紙を握っていた。人混みにもみくちゃにされながら、こんなひどい混沌のなかでだれかを見つけ出すなんて無理な相談だと思えた。ここから二度と出られないんじゃないかという不安にも駆られた。だが、それは間違いだった。最初に会った商人はある方向を指さした。数メートル先にいたその人物も同じ方向を教えてくれた。十五分ほど歩くと掘立小屋があった。扉には女の上半身が粗い線で描かれてあり、その長い首にはダイヤの首飾りがきらめいていた。ペケーノ・ソバはドアをノックした。出てきた男は、細身の身体にピンクのスーツを着て真紅の帽子とネクタイを合わせていた。丹念に磨かれた靴が薄闇に光っていた。ペケーノ・ソバはそのとき、パピー・ボリンゴとキンシャサに短期間滞在したときに紹介されたサプールのことを思い出した。コンゴでは洒落男たちのことをサプールと呼ぶのだそうだ。

鮮やかな色合いの高級服に身を固め、持てるものをすべて、それどころか持っていないものまでをも服に注ぎこんで、ファッションショーのモデルのように街を闊歩する男たちだ。

中に入った。机が一台、椅子が二脚あった。天井に備えつけられた扇風機がゆっくりと弧を描きながら湿った空気を送っている。

ジャイメ・パンギーラだ、とサプールは名乗り、ペケーノ・ソバに椅子をすすめた。

パンギーラは宝石に興味を示した。まずはランプの光で観察し、次に窓際に行ってカーテンを開け、指の間で転がしながら、強烈な日光をダイヤに刺すようにして吟味した。それから椅子に座った。

「小さいが質はいい。非常に純粋だ。どうやって手に入れたか聞くつもりはない。これを市場に出せば問題が出てくる恐れもある。七千ドル以上は出せない」

ペケーノ・ソバは拒否した。パンギーラは値を倍にした。札束を引き出しのひとつから取り出すと靴箱に入れ、ペケーノ・ソバに押しつけてきた。

ペケーノ・ソバは近くのバーのカウンターに座り、テーブルに靴箱を置いて、この金をどうしようかと考えた。そのとき、羽根を広げた鳥のシルエットが描かれたビールのラベルが目に入り、鳩のことを思い出した。今でもプラスチックの筒と、その中の紙は保管してあった。かろうじて文字もまだ読めた。

明日。六時に、いつもの場所で。くれぐれも気をつけて。愛してる。

あれを書いたのはだれだったのか。

おそらく、ダイヤ採掘のディアマング社の上級社員のだれかだろう。ペケーノ・ソバは険しい顔をした男が伝言を殴り書きし、プラスチックの筒に入れて鳩の足首にくくりつけている姿を思い浮かべた。鳩のくちばしにダイヤを押しこむところも想像する。まず一粒、もう一粒、そして空に放つところを。鳩は、ドゥンド市内の青々と葉が茂るマンゴーの木に囲まれた屋敷を飛び立ち、危険に満ちたルアンダの空へと向かったのだろう。鳩が、暗い森の上を、ごうごうと流れる川の上を、ぶつかり合う軍人たちの上を飛ぶその姿を彼は思った。

笑みを浮かべてペケーノ・ソバは立ち上がった。金の使い途を思いついたのだ。続く数か月のうちに彼は小さな宅配便の会社を立ち上げた。会社の名は「ポンボ・コレイオ（鳩の郵便）」。ポルトガル語で「鳩」という意味の「ポンボ」が、キンブンド語（アンゴラ北西部で話されるバントゥー語族の言語）では「使者」の意味でもあり、語呂もいいと思った。商売は繁盛し、それによって新たな企画も持ちこまれた。ホテル業、不動産などさまざまな分野に投資もし、どれも成功を収めた。

とある十二月の日曜日、空気がきらめく午後、彼はパピー・ボリンゴとルアンダのバー、〈リアルト〉で落ち合った。二人ともビールを頼んだ。ゆったり、のんびり、ハンモックに寝そべるようなけだるい昼下がりに身を任せた。

「調子はどうだい、パピー」

「まあ、ぼちぼちだ」

「まだ歌ってるの?」

「いや、めったに。最近舞台には立ってないんだ。フォフォの具合が悪くてね」

パピー・ボリンゴはラジオ局を辞めさせられていた。パーティで演奏するなどして、なんとか生き延びてきた。あるとき、従兄弟のひとりがコンゴからコビトカバを連れてきた。ガイドが森で見つけたのだ。まだ赤ん坊で、死んだ母親をどうしようもなく悲しそうに見つめていたのだという。パピーはそのカバの子をマンションに連れて帰り、哺乳瓶で育て、ザイール風ルンバに合わせて踊ることも教えこんだ。フォフォという名のそのカバは、ルアンダ近辺の小さなバーなどで開かれるショーでパピー・ボリンゴと共演するようになった。ペケーノ・ソバは何度もそのショーを見たが、毎回すっかり感心して帰路についたものだった。ただ、カバは大きくなりすぎていた。コビトカバというのは、いわゆる一般的なカバに較べると小さいのだが、それでも、成長すると大型の豚くらいの大きさになる。マンションでは近所からの苦情がだんだん増えてきていた。犬を飼っている住人はいた。ベランダで鶏やヤギを飼う者もいたし、人によっては豚も飼っていた。だが、カバを飼う人はいない。芸を仕込んであるとはいえ、カバを怖がる住民は多かった。ベランダにいると石を投げつけられることもあった。

ペケーノ・ソバは、いよいよ友を助ける時が来た、と思った。

「あの部屋をいくらで売ってくれる？　都会の中心に手ごろな部屋がほしいと思っていたところなんだ。あなたには、カバを飼えるような広い農園が必要なんじゃないかな」

パピー・ボリンゴは口ごもった。

「あそこに住んで長いからな。愛着があるんだ」

「五十万ではどう？」

「五十万って、どの通貨で？」

「あそこに、ぼくは五十万ドルを払うよ。その金で、いい農園を買えばいい」

パピー・ボリンゴはおかしそうに笑った。ところが、友の顔つきが真剣なのを見て、笑いが止まった。背筋を伸ばすと、こう言った。

「いや、冗談かと思ったんだ。お前さん、五十万ドルなんて持ってるのか」

「うん。さらに数百万はあるよ。何百万ドルも。これは同情なんかじゃない、いい投資だと思っているんだ。あの建物はかなり傷んではいるが、壁をきれいに塗り直し、エレベーターも新しくすれば、コロニアル調の魅力的な姿を取り戻すはずだ。しばらくすれば部屋を買いたいと言い出す人間もやってくるだろう。将軍とか、大臣とか、ぼくなんかよりはるかに金持ちのやつらが。今の住民たちにはちょっとした立ち退き料が支払われるだろう。拒む者は、いずれそれなりの目に遭って立ち退くことになる」

こうして、ペケーノ・ソバはパピー・ボリンゴの部屋を手に入れたのだった。

盲目（そして心の目）

目が見えなくなってきている。右目を瞑るとぼんやりとした
影しか見えない。
なにもわからない。歩くときには壁に
貼りつくしかない。
文字を読むのも骨が折れる。読むのは陽の光の下で、
拡大鏡もどんどん度が強くなっている。
最後に残った本を読み返す。
これだけは、と焼かずにおいた数冊だ。
この数年わたしに寄り添ってくれた
美しい声たちを、わたしは焼いてしまった。
ときどき思う。わたしは頭がおかしくなったのだと。

隣のベランダでカバが踊るのを見た。これは幻だと
自分でもわかっていたのに、
それでもまだ見えた。空腹のせいだろうか。
このところ、栄養が足りていない。

体力が落ち、視界がかすみ、読んでいると文字が飛ぶ。
何度も繰り返し読んだページを読むと、違うページのようになる。
読み間違えると、その間違いに、ときに
思いもかけない正しさが見つかることがある。
間違いのなかに、自分がよく見つかる。
間違って、よくなったページもある。

蛍が、室内でちらちらとまたたく。わたしはメドゥーサのように
その光の靄の中を歩く。自分の夢の中に沈みこむ。
これが、おそらく、死ぬということなのだろう。

わたしはこの家で幸せだった、陽の光が台所を訪れる
午後などは。

食卓に座れば、ファンタズマがやってきて
わたしの膝に頭を載せた。

まだ空白があり、炭があり、書ける壁があれば、
忘却についての一般論を書けたのだが。

気づけば、わたしはこの家全体を大きな一冊の本に
変えてしまっていた。

図書室を焼き、わたしが死ねば、残るのはただこの声のみ。
この家の壁には、どこにもわたしの口がある。

失踪事件蒐集家

一九九七年から九八年にかけて、アンゴラの上空で五機の飛行機が姿を消した。乗員は、ベラルーシ、ロシア、モルドバ、ウクライナ出身の二十三名。二〇〇三年五月二十五日には、アメリカン航空のボーイング七二七機がルアンダの空港を離陸してからふっつりと消息を絶った。その前の十四か月間、飛行していなかった機体だった。

ダニエル・ベンシモルはアンゴラでの失踪事件の話を蒐集していた。どんな失踪でもよいのだが、好んだのは航空関連の事件だ。突如として空で姿を消すなんてイエス・キリストやその母親のようで、地面に呑みこまれるより面白いではないか。これは、当然ながらあくまで言葉の綾である。人であれ物であれ、文字どおり地面に呑みこまれるなど、フランスの作家シモン＝ピエール・ムランバの事例はあっても、めったにない珍事件だ。

ジャーナリストのダニエル・ベンシモルは、失踪のレベルを1から10に分ける。アンゴラ上空で消えた五機の飛行機は、たとえば、ベンシモルの尺度に照らせば、レベル8である。ボーイング七二七機についていえば、これはレベル9。シモン＝ピエール・ムランバの件も同様だ。

ムランバは、アリアンス・フランセーズに招聘されてレオポール・セダール・サンゴール[8]の人生と作品についての講演をするため、二〇〇三年四月二十日にルアンダに降り立った。背が高くて品がよく、いつもフェルトの美しい帽子を計算されたなにげなさで軽く右に傾けて被っていた。シモン＝ピエールはルアンダが気に入った。アフリカに来たのは初めてだった。ブラジルの海辺の町、ポンタ・ネグラの出身でラテン舞踊教師の父親から、暑さ、湿気、危険な女たちの話は聞かされていたのだが、このみなぎる活気、回転木馬のような高揚感、人を酩酊させる音とにおいの洪水については教わっていなかった。二日目の夜、講演の直後、この作家はエリザベラ・モンテスという建築を学ぶ若い女子学生に誘われるがまま、イーリャ地区でいちばん洒落たバーで飲んだ。三日目の夜は、エリザベラの二人の女友だちと共に、カーボヴェルデ人が集まるシカーラ地区の裏庭で、モルナやコラデイラといったカーボヴェルデの音楽に合わせて踊り明かした。そして四日目の夜、失踪した。彼と昼食の約束をしていたフランスの文化参事官が、リゾート地、バーラ・ド・クアンザ近隣のとても美しい場所にある彼のコテージまで探しに出向いた。彼の姿を見かけた者はいなかった。携帯電話も応答がない。ぱりっと整えられたベッドは、サービスで枕に置かれたチョコレートもそのままに、使われた形跡もなかった。

　作家が行方不明になったことは、警察よりも先にダニエル・ベンシモルの耳に届いた。電話を二本かけただけで、シモン＝ピエールがどこで、だれと最初の何日かの夜を過ごしたかなど、かなり詳しいところまでわかった。さらに電話を二本かけ、ヨーロッパからの移住者たちや、十代の少女たち、インスピレーションよりも酒を求める詩人たちのたまり場となっているキナシシ地区にあるディスコを朝の五時に出るシモン＝ピエールが目撃されていたこともつかんだ。ダニエルはさっそくその晩、件のディスコに向かった。汗をかいて太った男たちが無言で飲んでいた。ほかの男たちは暗がりのテーブルに腰を落ちつけ、まだ幼いと言ってもいいくらいの少女たちのむきだしの膝を撫でていた。一人の少女が彼の目を引いた。赤い華奢なリボンをつけた黒いフェルトの帽子を被っていたからだ。その少女のほうに足を向けたそのとき、長い金髪を後ろで束ねた男がダニエルの肘をぐいと引いた。

「クイニーは俺の連れだ」

ダニエルは男をなだめようとした。

「まあまあ。あの子にひとつ聞きたいことがあるんだ」

「新聞記者はごめんだ。あんた、記者か」

「そういうときもある。記者というより自分はユダヤ人だと思ってるがな」

金髪の男はわけがわからないという顔をして手を離した。ダニエルはクイニーに挨拶をした。

「こんばんは。その帽子、どこで手に入れたかだけ、教えてくれるかな」

少女はにこっと笑った。

「昨日の晩ここにいたフランス人のムラート（白人と黒人の混血）が、なくしたの」

「帽子をなくしたってこと?」

「うーん、というかね、ムラートがいなくなったというか。帽子のほうがあたしを見つけたの」

そうして、その前夜、この辺りのストリート・チルドレンの一団が、そのフランス人がディスコを

8　セネガル共和国の初代大統領、詩人（一九〇六―二〇〇一）。

出ていくところを見たのだと説明した。数メートル歩き、ある建物の裏に回って立ち小便をしようとしたところ、地面に呑みこまれたのだと言う。ただ帽子だけが残されたのだと。

「地面に呑みこまれたって?」

「みんなそう言ってるよ、おじさん。流砂かもしれないし、魔法かもしれない、どうだろうね。子どもたちは棒で帽子を引っ張り寄せたんだって。で、あたしがそれを買ったの。これはもう、あたしのよ」

ダニエルはディスコを出た。少年が二人、店のショーウィンドウの前で、道端に座りこんでテレビを観ていた。テレビの音は通りまでは聞こえてこないので、少年たちは次々に出てくる俳優たちの台詞をでっちあげてしゃべっていた。ダニエルはその映画を観たことがあった。ところが、新たな台詞があてられてみると、筋がまったく変わる。おもしろくなって、そのまま映画をしばらく見ていた。CMの時間になったところで、二人に近寄ってみた。

「昨日の晩、この近くでだれだかフランス人が消えたって聞いたんだがな。地面に呑みこまれたとか」

「そうだよ」と片方が答えた。「そういうこともあるよ」

「見たのか?」

「ううん。でも、バイアクが見たって」

翌日、ほかの少年たちにも訊ねてみたところ、みんな、まるで自分の目で見たかのようにシモン＝ピエールの悲劇的な最期について同じことを喋る。だが問い詰めると、自分はその場にいなかったと認めるのだった。唯一確実なのは、その後、このフランスの作家の姿を見た者はだれもいないということだ。警察は未解決のまま捜査を終了した。

「ベンシモル基準値」によれば、レベル10の失踪事件はこれまで一件しかない。ベンシモル自身が、にわかには信じがたいことを目撃したのだ。それは一九八八年四月二十八日のこと、アンゴラ新聞の記者をしていたダニエルは、有名なカメラマンのコタ・コダック、通称ＫＫを伴ってノヴァ・エスペランサという小さな集落に向かうことになった。そこで呪術を使った疑いをかけられ、二十五名もの女性が殺された事件があったのだ。二人は、旅客機でウアンボ空港に到着した。運転手が待ち構えていて、ノヴァ・エスペランサまで案内してくれた。ダニエルは族長と大勢の住民に話を聞いた。ＫＫは写真を撮った。ウアンボに戻ったときにはすでに日が暮れていた。翌朝は、空軍のヘリコプターでまたノヴァ・エスペランサに戻ることになっていた。ところが、パイロットが集落が見つからないと言い出した。

「おかしいですね」と、二時間も空を旋回したあとでパイロットは不安そうにこう告げた。「この辺りにはなにもないんですよ。この下には草原しかない」

ダニエルはこの無能な若造に腹を立て、最初に当地まで連れていってくれた運転手をもう一度雇った。するとＫＫが同行を断ってきた。

「撮影するものなんかなにもないよ。なにもないところを撮影することはない」

車は、ぐるぐる回っては同じ風景の場所に何度も戻ってきた。夢に入りこんだような、いつまでも終わらない夢を見ているような時間を経て、ついにこの運転手も方向がわからなくなったと言った。

「あたしら、迷っちまいましたね！」

「あたしら、じゃないだろう。迷ったのはあんただ！」

すると運転手はむっとして、この奇妙な迷い道はおたくのせいだろうという顔でダニエルを見た。「ここの道は酔っぱらってるみたいだ」。そう言うと、ハンドルを何度も強くたたいた。「なにか、地理的な事故に遭っちまったんだ」

ふいにカーブが現われ、二人は間違った道から、もしくは幻想から抜け出た。双方とも茫然自失、震えていた。ノヴァ・エスペランサは見つからなかった。それでも、標識をひとつ見つけたおかげで車道に戻り、そのままウアンボに帰ることができた。ＫＫがホテルで待っていた。薄い胸の前で腕を組み、険しい顔をしていた。

「悪い知らせがある。写真を現像してみたら感光していた。不良品ばかり売りつけやがって。なにもかも日に日に悪くなる」

ノヴァ・エスペランサが消えたという話を聞いても、新聞社のだれも驚いた様子がなかった。編集局長のマルセリノ・アスンサン・ダ・ボア・モルテはからからと笑った。

「集落が消えたって？　この国ではなんでも消えやがる。こりゃきっと、国全体がそのうち消えるんだな、この村が消え、あっちの村が消え、とやってるうちにさ。あれっと気づけば全部なくなってるんだ」

二〇〇三年、アンゴラの新聞でもある程度話題になったシモン＝ピエール・ムランバの謎の失踪事件の数週間後、マルセリノ・アスンサン・ダ・ボア・モルテはダニエルを自分のオフィスに呼びつけて、一通の青い封筒をぬっと彼に差し出した。

「失踪事件蒐集家のきみにお誂えむきの件だ。これを読んで、記事になるかどうか見てくれ」

手紙

アンゴラ新聞編集長殿

私はマリア・ダ・ピエダーデ・ロウレンソ・ディアスと申します。心療内科医です。二年ほど前に、ひとつのおそろしい事実を知りました。私は養子だったのです。私の実の母は出産直後に私を養子に出したのです。思い悩んだ私は、なぜ母がそんなことをしたのか理由を調べました。実母の名はルドヴィカ・フェルナンデス・マノといいますが、一九五五年の夏に見知らぬ男に強姦され、妊娠しました。その悲劇の後、姉のオデッテの家で暮らしたようですが、その姉は一九七三年にルアンダに住むオルランド・ペレイラ・ドス・サントスという鉱山技師と結婚しました。

彼らは、アンゴラ独立後もポルトガルには帰国しておりません。ルアンダのポルトガル領事館にも、三人のだれも登録されていないとのことです。そこで、なんとか貴紙にルドヴィカ・フェルナンデス・マノを捜す手伝いをしていただけないかとお願いしたく、こうしてお手紙を差し上げる次第です。

草々

マリア・ダ・ピエダーデ・ロウレンソ

ファンタズマの死

ファンタズマは眠っている最中に死んだ。最後の数週間は食べものをあまり口にしなくなっていた。実のところ、この犬はたくさん食べたことなどない、食べるものがたくさんあったためしがなかった。もしかしたら、そのおかげでここまで長生きしたのかもしれない。ある実験で、カロリーの低い餌を与えられたネズミは寿命がめざましく伸びたという結果が出ている。

ルドが目覚めると、犬は死んでいた。

ルドは、開いた窓の前でベッドのマットレスに座った。痩せた膝を抱えこんだ。視線を上げると、空にはバラ色の軽やかな雲が徐々に描かれていくところだった。雌鶏たちがテラスでコッコと鳴いていた。下の階から子どもの泣き声が響いてきた。胸がからっぽになっていくのをルドは感じていた。なにかが、なにか黒い物質が、ひびの入った容器から水がにじみ出て冷たいセメントにたらたらとこぼれていくように、ルドの内から出ていった。彼女のことを愛してくれた世界で唯一の生きものがいなくなってしまった。彼女が愛した唯一の生きもの、それなのに流す涙もないのだった。

ルドは立ち上がると、炭の欠片をひとつ選んで先を削り、まだ手つかずでまっさらな客間の壁に向かった。

ファンタズマが昨晩死んだ。もう、あらゆることが無用だ。

あの子のまなざしがわたしをなだめ、わたしに語りかけ、支えてくれたのに。


古びた段ボールをかぶらずにテラスに出た。一日が、呑気なあくびをするかのようにゆったりと動きはじめていた。おそらく今日は日曜なのだろう。通りにはほとんど人がいなかった。純白のワンピースに身を包んだ女たちの一群が通るのが見えた。そのうちの一人がルドに気づき、右手を挙げて幸せそうに挨拶をよこした。

ルドは引っこんだ。

飛び降りられる、と考えた。前に出る。手すりを乗り越える。いとも簡単なこと。下にいる女たちは、ほんの一瞬、彼女の姿をとらえるだろう、ごく軽い影がさっと通り過ぎて落ちていくのを。一歩下がり、二歩下がり、さらに下がった。ルドを後ろに退かせたのは、青い色、広大な広がり、このまま生き続けるだろうという確信だった、たとえ生きる意味を与えてくれるものがなにもなくても。

死が周りを囲み、歯をむき出して唸っている。わたしは膝をつき、喉をさらけ出す。おいで、おいで、さあ今だ、
わたしの友よ。嚙みつきなさい。

わたしを逝かせて。ああ、今日はこちらを見たのに、わたしのことを
　忘れていっておしまいだね。・・・・・・・・・・・・・・・・
・・・・・・・・・・・・・・・・・・・・・夜。また夜がきた。
日ではなく、夜の数をかぞえるようになっている。・・・・・
夜と、そう、そしてうるさい蛙たち。窓を開けて池を眺める。
二つ折りにされていた夜が開かれる。・・・・・・・・・・・・
　雨、すべてがあふれる。夜は、闇が歌っているかのよう。
立ち上がり、波打ち、建物を次々に呑みこむ夜。もう一度
思う、わたしが鳩を返した女のことを。背が高く、痩せぎすで、
　どこか高慢なその態度は、際立って美しい女たちが
現実を通る際に身につけるものだ。彼女はリオ・デ・ジャネイロで
散歩している、湖の渚を歩いている（写真を見たのだ、ブラジルの
　絵が描いてある本が何冊も図書室にあったのだ）。
　自転車に乗った人たちが彼女とすれちがう。
　彼女にしばし見とれた男たちは
二度と戻ってこない。女の名はサラという、わたしは女をサラと呼ぶ。
　モディリアーニの絵からぬけ出たような。

神とそのささやかな愚行について

神を信仰することのほうが易しいようにわたしには思える。その存在が
われわれのごく限られた理解力を、傲慢な人類を、はるかに超越していても。
長いあいだ、単なる怠惰からわたしは信者だと公言してきた。この不信心は
オデッテにも、ほかの人たちにも、なかなか説明はできなかっただろう。
わたしは人間も信じなかったが、そう言うと、それはあっさりと
受け入れられる。この数年でわかってきたことは、神を信じるには
人間への信頼が不可欠なのだ。
人間なくして神は存在しない。

今もわたしは信じていない。神のことも、人のことも。
ファンタズマが死んでからは、彼の霊魂を崇めている。彼と対話している。
聞いてくれていると信じている。この確信は、想像力で生まれたもの
ではないし、ましてや理性などではない。ほかの能力、

いわゆる狂気と呼ばれるものから生まれるのだ。

自分と対話しているのか？

ありえる。聖人のようなものだ。神と対話すると吹聴して回った男たち。わたしはそこまで尊大ではない。わたしが対話するのは自分自身となのだから、あの犬の優しい魂と話しているのだと信じながら。どうであれ、この対話はわたしには、役に立つ。

悪魔祓い

わたしが綴る詩は
短い
祈禱のように

言葉とは
駆逐された悪魔の
軍団

副詞も
代名詞も切り落とす
手首の動きを節約する

ルドがルアンダを救った日

客間の壁には、踊るムクバル族の一団を描いた水彩画が掛かっていた。ルドは画家を知っていた。アルバノ・ネーヴェス・イ・ソウザ[9]、冗談ばかり言う陽気な義兄の友人だ。初めは、この絵が大嫌いだった。アンゴラでルドが恐怖するすべてが描かれていたからだ。なにかの祝祭なのか、縁起を担いでいるのか知らないが、なにごとかを祝うこの野蛮人たちは、ルドには無縁の人々だった。それから少しずつ、沈黙と孤独の長い長い月日を過ごすうちに、人生にはこんな優雅さがあってもよいのだというように、火を囲んで賑わうこの人々に愛着を覚えるようになった。

家具を焼き、何千冊という本を焼き、絵画は全部焼いた。絶望があまりに深くなったある日、とうとうこのムクバル族を壁から下ろした。絵を掛けていた釘を引き抜こうとした。なんの役にも立っていないのにそこにあるのは美しいと思えなかったからだが、そのときふと思った。この小さな釘が壁を支えているかもしれない、と。建物全体を支えているかもしれないではないか、と。釘を一本引き抜いたせいで、この街すべてが崩れ落ちるかもしれないではないか。

9 アンゴラの画家、詩人(一九二一—九五)。

釘は抜かずにおいた。

出現と生死　紙一重の墜落

十一月は雲がないまま過ぎた。十二月も同じ。二月になったが、大気には渇きがはびこっていた。ルドは池が干上がるのを見た。初めは水の色が黒ずみ、それから雑草が黄色くなり、白っぽくなり、毎晩の蛙の合唱が消えた。ルドは手元の水の瓶の本数を数えた。残りは少なかった。土が混じったプールの溜め水を飲ませた鶏たちは病気になり、みんな死んでしまった。トウモロコシと豆はまだあったが、茹でるにはたっぷりの水が必要であり、それは節約しなければならなかった。

飢えと喉の渇きに苛まれる日々が戻ってきた。ある明け方、悪夢にうなされて飛び起き、よろけながら台所に入ると、テーブルの上にパンがあった。

「パン!」

まさかと思いながらパンを両手で持った。

においを嗅いだ。

パンのにおいがルドを子ども時代へと運んでいった。姉と二人、浜辺でバターのついたパンを分け合って食べた。皮に歯を立てた。自分が泣いていることに気づいたのは、パンを食べ終わったときだった。震えながら座りこんだ。

だれがパンを持ってきてくれたんだろう？

だれかが窓から投げこんだのだろうか。がっしりとした肩の若者が、パンを空に放り投げるところを思い浮かべた。パンはゆっくりと弧を描いて、ルドの台所のテーブルに着地したのだ。パンを空に投げた人は、いまやほとんど干上がった池から、謎の雨乞いの儀式かなにかで投げたのだろう。キンバンダ（アフリカに起源を持つブラジルの民間信仰）の信者だろうか、だとすればパンの投擲チャンピオンだ。ここまではたいへんな距離があるのだから。その晩、ルドは早く眠りについた。天使が訪ねてくる夢を見た。

朝になり、今度は台所のテーブルにパンが六個、ゴイアバーダ（グアバの果肉と砂糖を煮詰めて固めたもの）が一缶、そしてコカ・コーラの大瓶が一本あるのを見つけた。ルドはへたりこんだ。心臓が飛び出しそうだった。だれかがこの家に出入りしている。立ち上がった。このところ、視力がさらに落ちていた。日の光が弱まる時間以降は、勘をたよりに動いていた。テラスに上がり、建物の右側の外壁のほうに走り寄った。そこだけが隣の建物との距離がわずか数メートルしかなく、唯一窓がないのだ。身を乗り出すと、足場が隣の建物を囲って組まれていて、こちらの建物にも接しているのが見えた。侵入者はあそこから来たのにちがいない。階段を駆け下りた。神経が高ぶっていたせいか、光が弱かったせいか、いずれにせよ感覚の鈍ったルドは一段踏み外してバランスをうしない、転げ落ちて失神した。意識が戻った瞬間に、左の大腿骨を骨折したとわかった。では、そういうことか、とルドは思った。アフリカの謎の病のせいでも、栄養失調でも疲労のせいでもなく、泥棒に殺されるのでもなければ、空が頭の上に落っこちてきたからでもなく、物理の最も有名な法則にからめとられて、自分は死ぬのだと。**重量m1とm2を持つ二つの個体があり、その間の距離をrとすると、その二つの個体の相互の引力は各自**

の重量に比例し、個体間の距離の二乗に反比例する。ルドを救ったのは重量の不足だった。あと二十キロ重かったら、ひとたまりもなかっただろう。激痛が左脚を這いあがってきて上半身の左側が麻痺し、朦朧としてきた。長い間そのままでいると、通りや広場のアカシアの木にきつく巻きついている大蛇のようにねじれた夜がやってきた。痛みが叫び、嚙みついてきた。口がからからに乾いていた。ルドは舌を吐き出そうとした。もはやその舌は自分のものではなく、喉に詰まるコルクの欠片のようだったからだ。

コカ・コーラの瓶のことを思った。食料庫にしまってある水の瓶のことも。あと十五メートルばかり這って進めばいい。両腕を伸ばし、セメントの床に手をついて上半身を持ち上げた。斧で脚を切断されたかのようだった。自分の呻き声に驚いた。

これじゃあ建物じゅうが目を覚ましちゃうわね、と呟いた。

隣室のペケーノ・ソバは目を覚ました。彼はキアンダの夢を見ていたのだ。もう幾晩も同じ夢を繰り返し見ていた。夢の中でベランダに出ると、真夜中だというのに、池から一筋の光が発せられているのが見える。光はどんどん大きくなり、まるく音楽的な虹となり、そうこうしているうちにペケーノ・ソバは身体がふっと軽くなるのを感じる。光に照らされる瞬間に目が覚めるのだ。だが、今回は目が覚める前に意識は戻っていた。光が喚いたのだ。光は、ぬかるみと蛙たちがいっぺんに爆発したかのように、自分に向かって喚いていた。心臓が激しく打つのを感じながらベッドに起き上がった。昔、この部屋で影をひそめて暮らしていたときのことを思い出した。ときどき犬が吠える声が聞こえたものだ。遠くで古い歌を口ずさむ女の声も聞いたことがある。

この建物には亡霊がいるんだ、とパピー・ボリンゴが言っていた。犬の吠える声はするが、だれもその姿を見たことがない。幽霊《ファンタズマ》みたいなもんだ、と。壁も通り抜けるというから、お前さん、寝ているときも気をつけたほうがいいぜ。犬は壁を通り抜ける、わんわんわんと吠えながら、だがなにも見えない、声が聞こえるだけ、そのうち犬はお前さんの夢に棲みつくんだ。すると犬の声がうるさい夢ばかり見るようになる。階下に住んでいた若い男、エウスタキオという名の職人は、ある朝起きたら喋れなくなっていた。吠えることしかできない。よく知られた伝統医に診せたら、犬の霊を祓って、エウスタキオの頭の中から吠え声を取り除くのに五日かかったそうだ。

ペケーノ・ソバは前々から建物の構造が妙だと思っていた。壁の位置がおかしい。廊下が途中で行き止まりになっている。ほかの階ではそんなことはないのに。この階にはもう一部屋あるはずだ――でも、どこに？

ちょうど同じ時間、壁を隔ててわずか数メートルの場所で、ルドはなんとか台所のほうに進もうとしていた。一センチ進むごとに、自分自身からどんどん離れていってしまうような気がした。朝の最初の光が射しこんできたとき、ルドはまだ、階段から二メートルばかりの居間にいた。高熱で身体が燃えるようだった。痛みより喉の渇きのほうがつらくなってきた。午後の二時ごろ、ようやくドアまで辿りついたところで気をうしなった。次に目を開けたとき、目の前に顔があるのがぼんやりと見えた。手を目にやり、ごしごしとこすった。それでも顔はそこにあった。男の子だ。目を丸くした男の子らしき顔だった。

「だれ？」

「サバルだよ」

「足場から入ってきたの?」

「うん、そこをよじ登ってきた。隣の建物に足場が作られたんだ。壁を塗ってるの。それがここのテラスの近くまであったから、一番上の足場に箱を積んで、登ってきた。簡単だよ。おばさん、転んじゃったの?」

「あんた、いくつ?」

「七歳。おばさん、死にそうなの?」

「わからない。もう死んじゃったのかと思ってたんだけど。水。水をちょうだい」

「お金、ある?」

「あるわよ。お金は全部あげるから、水を持ってきてちょうだい」

男の子は立ち上がり、周りをぐるりと見た。

「ここ、なんにもないね。家具もない。おばさん、ぼくより貧乏なんじゃないの。お金はどこ?」

「水!」

「わかったよ、おばさん。大丈夫だよ。ジュースを持ってきてあげる」

そう言うと、コカ・コーラの瓶を持ってきた。ルドはごくごくとひと息に飲み干した。コーラの甘さにたじろいだ。もう何年も砂糖を味わっていなかったのだ。男の子には書斎に行って財布を持ってくるように伝えた。そこにお金が入っているからと。サバルは戻ってくると大笑いして、持ってきた札束をまき散らした。

「こんなの、もうお金じゃないよ。これじゃなにも買えないよ」

「じゃあ銀のスプーンやフォークがあるでしょう。それを持っていきなさい」

男の子はまた笑った。

「それはとっくにもらってるよ。気がつかなかったの？」

「気づかなかった。昨日パンを持ってきてくれたのは、あんただったの？」

「一昨日だよ。お医者さんに電話してあげようか？」

「だめ、だめよ！」

「隣の人を呼んであげようか？　お隣はいるんでしょ」

「だめ、それもだめ。だれも呼んじゃだめ」

「人が嫌いなの？　ぼくも人は嫌い」

ルドは泣き出した。

「出ていって。出ていってちょうだい」

サバルは立ち上がった。

「出口はどこ？」

「出口なんてないの。入ったところから出ていって」

サバルはリュックを背負うと、いなくなった。ルドは深々と息をついた。壁にもたれた。痛みがおさまってきた。あの子に医者を呼んでもらえばよかったのかもしれない。でも、医者が来れば次は警察が来る、新聞記者が来る、テラスには骸骨があるのに。それよりもここで死ぬほうがいい。囚われてはいるけれども自由だ、三十年間、ここで生きてきたように。

自由？

何度も、何度も、この建物の横壁にぶつかりながら大騒ぎする群衆を、クラクションやホイッスルの甲高い騒音を、怒声、懇願、悪態を、上から見たり聞いたりしながら心底恐怖を覚え、自分は取り囲まれて脅かされているのだと感じてきた。外に出たいと思うたびに図書室に行って本を探した。ありとあらゆる家具も、扉も、床の板張りすらも剝がして燃やし尽くしたあとで、本を燃やすたびに自由をうしなっていると感じてきた。この地球に火を放つような気がしたのだ。ジョルジェ・アマード[10]を燃やしたときには、これでイリェウスにもサン・サルヴァドール（いずれもブラジルの都市）にも行けなくなってしまったと思った。ジョイスの『ユリシーズ』を燃やしたときにはダブリンをうしなった。『トラのトリオのトラウマトロジー』[11]を破きながらハバナが燃えるのを目にした。もう手元には百冊も残っていない。これらが残ったのはなにかに用立てるよりも、頑固さのほうが勝ったからだ。今ではほとんど目が見えなくて、どんなに強力なルーペをもってしても、一番日当たりがよいところに持っていっても、サウナにいるかのように汗をたらしながら、一ページを解読するのに午後の時間がまるまる必要だった。ここ数か月は、残っている本のなかから好きな文章を引いて、空いている壁に書き写すことにしていた。それほど先のことではないだろう、とルドは考えていた。もうすぐ自分は本物の監獄に入れられる。監獄で生きていくなんていやだ。ルドはうつらうつらと眠りこんだ。小さな笑い声で

10　二十世紀ブラジルを代表する作家（一九一二―二〇〇一）。
11　キューバの作家、ギジェルモ・カブレラ＝インファンテ（一九二九―二〇〇五）の小説。

目が覚めた。あの少年がまた目の前にいたのだ。瘦せぎすのシルエットが切り絵のように、ぎらぎらと揺れる夕陽を背にして見えた。

「どうしたっていうの？　銀器は持っていったんでしょう。もうなにもないわよ」

サバルはまた笑った。

「やあ、おばさん。死んじゃったのかと思ったよ」

そう言うと、ルドの足元にリュックをどさりと置いた。

「薬を買ってきたよ。たくさん。助けてあげるよ」。そう言って床に座った。

「コカ・コーラもまた買ってきたよ。食べ物も。鶏の炭火焼き。お腹へってる？」

二人はそこでそのまま、パンと鶏肉を分け合って食べた。サバルは持ってきた薬を見せた。鎮痛剤と抗炎症剤。

「ロッケ・サンテイロの市場まで行ったんだ。そこのおじさんに話したの。父さんが母さんを殴って腕の骨が折れちゃったんだけど、母さんは恥ずかしくてお医者さんには行けないんだよって。そしたらおじさんがこれを売ってくれた。銀器を売ったお金で買ったんだ。まだまだお金は残ってるよ。ぼく、この家で寝てもいい？」

サバルは老女に手を貸して立たせ、寝室まで連れていってマットレスに寝かせた。自分も隣に横になってそこで眠った。翌朝、サバルが市場まで行き、豆、野菜、マッチ、塩、さまざまな調味料と牛肉を二キロ買って帰った。キャンプで使う携帯コンロと小さなブタンガスの缶も持ち帰った。ルドの指示に従って、居間の床でサバルが自分で調理した。二人は心ゆくまで食べた。それからサバルが皿を洗って片づけた。家の中をうろついたあと、サバルが言った。

「おばさん、たくさん本を持ってるんだね」

「たくさん？　そうね、昔はたくさん持ってたわね。今はこれだけだけど」

「こんなにたくさんの本、見たことないや」

「あんた、字は読めるの？」

「文字を上手にくっつけられないんだ。学校には一年しか通ってないから」

「教えてあげましょうか。読み方を教えるから、あんた、わたしに本を読んでちょうだい」

静養する間、ルドはサバルに読み方を教えた。チェスの遊び方も教えてやった。サバルはチェスをたいそう面白がった。チェスをしながら、外の世界の話をしてくれた。それは、ルドにとってはこの地球の外の、どこか遠い謎の惑星の話に聞こえた。ある午後、サバルは足場の取り壊しが始まったことに気づいた。

「どうしよう、どうやって外に出たらいい？」

「わからないわ！」ルドは恐慌をきたした。

「じゃあ、おばさんはどうやってここに入ってきたの？」

「入ってきてなんてないわ。ずっとここに住んでいたの」

サバルはわけがわからないという顔でルドを見つめた。ルドは降参した。サバルを玄関のドアのところまで連れていった。ドアを開け、三十年前に自分が作った壁を見せ、この部屋が建物のほかの場所から隔絶されているのを見せた。

「この壁の向こうに世界があるの」

「この壁、壊してもいい？」

「いいわ。でもね、怖いの。すごく怖いの」

「おばさん、怖くないよ。ぼくが守ってあげる」

サバルがつるはしを持ってきて、六回ほど壁を思い切り叩くと、壁に穴が開いた。そこから覗いてみると、向こう側にペケーノ・ソバの怯えた顔が見えた。

「だれだ？」

サバルはさらに二回壁を叩いて穴を広げ、自己紹介をした。

「ぼくの名はサバル・エステヴァン・カピタンゴです、おじさん。この壁を壊すように言われました」

ペケーノ・ソバは上着についた漆喰の屑を払い、二歩下がった。

「こりゃ驚いた！　お前、どこの惑星から来たんだ？」

ペケーノ・ソバは、サンバの女王、エルザ・ソアレスの返事をそっくりそのまま返されてもよかったかもしれない。エルザは、歌手の仕事を始めたばかりの十三歳のとき、がりがりに痩せて貧相な身なりをしていたので、アリ・バホーゾ[12]が同じ質問をしたのだ（聴衆は面白がって背後の客席で笑っていた。そのとき、エルザの家では彼女の子どもが死にかけていた）。エルザは、わたしは空腹の惑星から来ました、と返した。とはいえ、サバルはエルザ・ソアレスの名も、ましてやアリ・バホーゾの名など聞いたこともなかったので、ただ、にこっとして肩をすくめただけだった。

「ぼくたち、ここに住んでるんだよ」

「ぼくたち？」

「ぼくとおばあちゃん」

「住んでいるだと？　そっち側に部屋があるのか？」

「あるよ」

「いつから住んでるんだ？」

「ずっとだよ」

「なんだと？　どうやって出入りしていたんだ？」

「出ないんだよ。ただ、住んでたの。今はね、うん、そろそろ出ようかなと思ってるところ」

ペケーノ・ソバは驚いて頭を振った。

「よし、わかった。このまま壁を壊して、廊下はちゃんと掃除しとけ。塵のひとつも残すなよ、いいか？　ここはもうスラムじゃないんだ。今じゃここは立派な高級マンションになったんだからな、植民地時代みたいに」

ペケーノ・ソバは自分の部屋に戻って台所に行くと、冷蔵庫からビールを一本取り出し、ベランダで飲もうと外に出た。ときどき、通りや広場を何時間もうろつき回っていたためちゃくちゃで悲惨な時代を懐かしむかのような感情がふと湧き上がることがあった。今の世界は、陽の光に洗われてさっぱ

12　ブラジルの作曲家（一九〇二―六四）。芸能活動も行なっていた。

りと謎が取り払われていた。すべてが透明で明快に見え、神までもが、さまざまな形をとって夕暮れどきに軽いお喋りを楽しむためにしょっちゅう現われるのだった。

ムティアティ・ブルース

現在、クヴァレ族の人数は五千にも満たないであろうが、その領地は広大で面積はナミベ州の半分以上に及ぶ。彼ら自身の価値観において、現在のクヴァレ族は豊かな民族である。牛が豊富にいるからだ。彼らの土地では、北東地域を除けば実戦は行なわれず、近年はひとまず家畜を養えるだけの雨量にも恵まれている（しばらくよい年が続いており、実のところ、長年、悪い年にはなっていない）のだが、それでもアンゴラの情勢によって、この地方の食料不足は年々深刻化している。牛はトウモロコシと交換できないからだ。この矛盾（これだけの牛がいるのに、これだけの飢餓がある）が、アンゴラの特異性の現われのひとつである。しかし、これこそがアンゴラなのではないだろうか？　これだけの石油があって……？

ルイ・ドゥアルテ・デ・カルヴァーリョ[13]

「航海のための注意書き――クヴァレの遊牧民についての簡潔かつ予備的な考察」

ルアンダ、一九九七年

13 アンゴラの作家、映画監督、人類学者（一九四一―二〇一〇）。

探偵は身を屈めた。数メートル先にいる、まっすぐに背筋を伸ばして座る老人を凝視した。空の明るさが彼の目を眩ませ、視界がぼやけた。そこで案内人のほうを向いて訊いた。

「あそこのあのじいさんだが、ムラートか?」

案内人は微笑んだ。決まり悪そうに見えた。

「そうかもしれません。七十年前にここを通った白人がいたのかもしれませんね。そういうことがよくあったんですよ。今でも。男たちが白人に自分の妻を差し出すんです。ご存知ありませんでしたか」

「聞いたことはある」

「本当です。だが、妻が拒めば、それはしかたない、無理強いはしません。ここの女たちには、われわれが考えるよりずっと力があるんです」

「そうだろう。ここだって、ほかのどこだって同じだ。しまいには、女たちがすべての権力を手にするだろうさ」。それから老人に向かって聞いた。「ポルトガル語は話すのか?」

訊ねられた老人は、赤と黄色の縞模様のたいへん美しい縁なし帽のようなものをかぶった頭を右手で撫でた。それからモンテを見据え、黙ったまま挑むように、ほとんど歯のない口を開け、ごく小さな笑い声をあげたが、その柔らかな笑いは輝く空気に塵のように散った。老人の隣に座る少年が、なにごとかを案内人に告げたので、彼はそれを通訳した。

「このじいさんは話さないそうです。一度も話したことがないそうで」

モンテは立ち上がった。シャツの袖で額の汗をぬぐった。

「このじいさん、昔会った男を思い出すよ。そいつはとっくに死んでるが。残念だよ、もう一度、是が非でも殺してやりたい相手でな。今じゃ俺ももう歳を取って、記憶に脅かされるようになった。びっくりするほど鮮やかな記憶だよ、昔のことなのにな。俺の頭の中でだれかが古いアルバムをぺらぺらめくって楽しんでいるみたいでな」

彼らは、何時間もかけて乾いた川床沿いを歩いてきていた。モンテは、戦友だった将軍に呼ばれたのだ。将軍は娘のためにこの近くの広大な農園を買ったのだという。娘が作らせた所有地を囲む柵が、ムクバル族の移動放牧の通り道を寸断することになり、それがきっかけで銃撃戦にまで及んだ。牛飼いが一人、負傷した。次の日の夜、ムクバル族の若者の一団が農園を襲い、家畜を二十頭ほど奪ったうえに、将軍の孫にあたる十四歳の少年を連れ去ってしまった。

モンテは二歩、老人に近寄った。

「手首を見せてくれないか？　右の手首だ」

老人が身に着けているのは一枚きりの布で、赤から橙までの濃淡に染められたそれを腰のあたりで縛っていた。首には何十という首飾りを巻いている。両手首には銅の幅広い腕輪が光っていた。モンテは老人の腕をつかんだ。手首の腕輪を押し上げようとしたその瞬間に殴られた。老人の隣に座っていた少年が跳ね起きて、その胸に鋭い一撃を食らわせたのだ。探偵はあおむけに倒れてから向きを変えた。這いつくばってその場から数メートル離れ、胸の空気と体面を取り戻すために咳きこんだが、その背後では激しい口論が繰り広げられていた。ようやくまた立ち上がれるようになった。騒ぎを聞きつけて人が集まってきた。錆色に光る肌をした若者たちが輝く午後からなにかの奇跡のように現われ出て老人の周りに集まってきた。彼らは長い棒を振り回していた。踊りの準備も始めている。ぴょんぴょんと高く跳ね、大声で叫んでいた。案内人は青ざめてあとじさった。

「これはまずい、とっとと逃げよう」

ルアンダに戻ったモンテは、バーのカウンターで冷えたビールを二口飲んで、この不面目きわまりない退散劇を簡潔に語っていたが、そのときの様子を語るのに、上品さに欠けるこんな言い方をした。

「俺たちは犬みたいに追われたんだ。そのときに、あんまり土くれを呑みこんじまったもんだから、あれ以来、煉瓦みたいなクソが出る」

失踪事件が（ほぼ二件）解決した場所、
あるいはマルクスを引用して、どのように
「あらゆる固形物は空気に溶解する」のか

マグノ・モレイラ・モンテは、ある暗い朝、水源をうしなった川のような気分で目が覚めた。長く続いた雨が止みかけている。妻は、ベッドに座ってショートパンツにサンダル姿で髪の毛をとかしていた。

「終わりだ」。モンテはそう言った。「これ以上は無理だ」

マリア・クララは、母親のような穏やかさで夫を見た。

「よかったわ、あなた。これでわたしたちは幸せになれる」

それは二〇〇三年のことだった。党の新たな方針にモンテは憤っていたのだ。彼はそれまでの理念を捨て去ることをよしとせず、市場経済に屈服することにも、資本主義の権力者たちにおもねることにも我慢がならなかった。情報局の職を捨て、私立探偵として人生を再出発した。昔の仲間の口利きのおかげで客足が絶えることはなく、ライバル会社の情報、盗品の行方、失踪者の足取りを求めてやってきた。夫の浮気の証拠がほしいと憔悴した妻もやってくれば、妻を見張ってほしいと大枚をはたく嫉妬深い夫もいた。モンテは、この手の依頼はベッド案件と呼んで端《はな》から扱わず、仲間に回した。

ある午後、事務所に有名な企業家の妻がやってきた。『氷の微笑』のシャロン・ストーンばりに見事な脚を組んだり下ろしたりして、深々とため息をついて言った。

「夫を殺してほしいの」

「なんですと」

「ゆっくりと。じわじわと」

モンテは椅子にもたれかかった。長い間、黙って女を見つめて相手が折れるのを待った。だが、女は視線をそらさなかった。

「十万ドルでどう」

モンテはその企業家を知っていた。冷徹な日和見主義者で、国が共産主義だった時代から、公共事業のあれこれをくすねては自分の懐に入れて肥え太った男だ。

「けちな仕事のわりにはだいぶ弾みますな」

「受けてくれるのね」

「なぜ殺したいんです」

「あの人の浮気にはうんざりなの。もう、死んでほしい。やってくれる?」

「いえ」

「だめなの?」

「ええ。やりません。あの男を殺したところで良心の呵責などひとつもないでしょうな。それどころか、じわじわと殺すことには喜びすら感じるかもしれない。けれどね、奥さんのその動機では軽すぎるんですよ」

女は憤慨して帰っていった。数週間後、企業家の死亡記事が新聞に載った。車の中で強盗に撃たれたのだが、激しく抵抗した跡があったそうだ。

ふとしたときにシモン＝ピエール・ムランバ失踪事件の話を耳にすると、モンテはいつも思わずうっすらと笑ってしまうのだった。それに気づいた者は、その笑いを勘違いしたものだ。この筋金入りのマルクス主義者、生まれついての懐疑主義者は、この俗っぽい迷信をあざ笑っているのだろうと。当時のモンテは、作戦に失敗すると腹を立てた。自分の失敗も他人の失敗も許せない男だったが、この大失敗の結末には満足していたのだ。その結果、辞職を願い出た。底知れぬ許容量を誇るこの俺の堪忍袋の緒もついに切れたというわけだ、と友人に洩らしたことがある。内戦は終わった。狂乱のさなかにあるこの国でひと山当てようと、ポルトガル、南アフリカ、イスラエル、中国、その他世界じゅうから商売人が押し寄せて、ルアンダのホテルというホテルは満室になっていた。エアコンの効いたどこぞの豪勢なオフィスにいる上層部のだれかから、ダニエル・ベンシモルとかいう失踪事件専門の記者の口を封じろという指令が下りた。ボーイング七二七機の失踪について、ベンシモルは何週間もパイロット、機械工、企業家、娼婦、行商人、反対勢力と政府の双方の政治家に話を聞いて回っていた。問題の飛行機は明け方に消息を絶った。四十五トンの鉄の塊が消えたこの謎を解き明かした者はだれもいない。あらゆる固形物は空気に溶解するってな、とマルクスを思いながらモンテは呟いたのだが、マルクスのように頭に浮かんだのは飛行機のことではなくて資本主義のことだった。このアンゴラで、資本主義は廃墟にはびこるカビのごとくすでにあれこれを腐らせはじめており、なにもかもが崩壊するだろうその末路がうかがえた。

モンテはベンシモルというその記者を知っていた。正直な人物のようだと思っていたし、悪魔に魂を売り渡すことを選ぶ人間が多いなか、あの男は理想主義者だろうと考えていた。そこはかとないユーモアがにじむベンシモルの署名入り記事は、成り上がりのブルジョワたちの癪《しゃく》の種となった。ベンシモルは十九世紀半ばにベンゲラに入植し、現地人と混血してキリスト教に改宗したユダヤ系モロッコ人の子孫だった。祖父のアルベルト・ベンシモルは人々に愛され敬われた医者で、アンゴラで「クリベカ」と呼ばれるフリーメイソンの一員でもあった。クリベカとはオヴィンブンド語（アンゴラ中央部のビエー高原に居住する民族の言語）で「姿を現わす」「身を捧げる」という意味だ。クリベカが創設されたのは一八六〇年頃で、ベンゲラ、カトゥンベラ、モサメデスに支部を持ち、多くの愛国主義者による蜂起に影響を与えたと思われる。ダニエルが大胆で率直なのは祖父譲りだろう。モンテはそこを買っていたのだ。その彼を黙らせろという上からの指令に、モンテはどうしても納得がいかなかった。

「この国はやることが正反対だ。罪人たちのせいで公平な人間が馬鹿を見る」

モンテは、二人の将軍の前で大きな声でそう言い放った。一人がさっと姿勢を正して言い返した。

「世界は進んでいる。わが党は世界とともに進歩し、近代化し、そのおかげでわれわれはまだここにいる。同志は歴史の歩みを振り返ってみるがいい。少しは勉強しろ。何年われわれと仕事をしているのだ？　ずっとだろう。今さらわれわれに背を向けようとしてもそうはいかん」

もう一人の将軍は肩をすくめた。

「同志モンテは挑発するのが好きなんですよ。昔からこうだ、人をむっとさせるのが得意で。これが彼のやり方なんですな」

モンテは命令をのんだ。指示に従う。自ら指示を出す。それが、結局は彼の人生そのものなのだ。ダニエル・ベンシモルに見張りをつけた。そして、毎週土曜にバーラ・ド・クアンザにある小さなコテージを借りて、有名な政治家の妻と会っていることがわかった。彼は四時頃やってきて宿に入り、愛人はそれより一時間ほど遅れて到着し、長居することは決してなかった。反対に男のほうは朝までいて朝食をとってから家に帰った。

習慣は罪人を逃す。

モンテの親しい友人に、蛇とヤシの木を集めている男がいた。そのウリ・ポラックはアンゴラ独立の数か月後にルアンダに降り立った。シュタージ（東ドイツの秘密警察・諜報機関）からアンゴラ政府に出向してきたのだ。十五も歳が離れたベンゲラ地方出身の妻と結ばれ、息子を二人もうけた。東ドイツが消滅するとアンゴラ国籍を取得し、今はトーチジンジャーの栽培を商売としていた。海辺のモーロ・ドス・ヴェアードスに、円形の、ほとんど中庭といってもよさそうなほど広々としたテラスが海の上にせり出している家を建てた。海が夜を呑みこんだような夜、彼は友をそのテラスに迎え入れ、二人は枝編み細工の座り心地のよい椅子に落ち着いてビールを飲んだ。アンゴラの情勢について、イラクの侵攻について、都会の混沌について語り合った。ウリは辺りが完全に闇に沈むまで待った。

「交通情報の話をしにここまで来たわけではあるまい」

「そのとおり。実は蛇が一匹、必要なんだ」

「いつかそういう頼みをしに来るんじゃないかと思っていたさ。わたしは自分の蛇たちが可愛い。蛇は武器ではない」

「よく承知している。きみになにかを頼むのはこれで最後だ。きみが花屋として人生をやり直すと知って、みんなが羨んだよ。いい選択をした」

「同じようにすればいいさ」

「花か？　花はわからん」

「花でもいい。パン屋、幼稚園、葬儀屋でもいい。この国では今、なにもかもが始まろうとしている。どんな商売だって当たるだろう」

「商売？」モンテは笑った。苦い笑いだった。「カネを増やす才能は持ち合わせていない。よくできた商売も、俺の手にかかるとぼろぼろだ。俺はこれからもずっと中流階級の人間さ。もうそこに落ち着いている。さあ、蛇を渡してくれ。そして、このことは忘れてくれ」

翌晩、モンテの部下の一人で、マランガ出身のがっしりとした体軀のキソンデという不愛想な男がダニエル・ベンシモルの定宿のコテージに向かった。十二時を回っていた。ざんざんと雨の降る夜だった。キソンデは6号室のドアをノックした。それらしき背の高いムラートがドアを開けた。メタリックブルーに白い縞の入った美しい絹のパジャマを着ていた。キソンデはピストルを向けると同時に左手の人差し指を唇に当てて、大げさな身振りで言った。

「しーっ！　黙ってろ。痛い思いはさせない」。そのままそのムラートを室内に押しこみ、ベッドに座らせた。それからピストルをそらさずにブルゾンのポケットから錠剤の箱を取り出して言った。

「二錠飲め。赤ん坊みたいにぐっすり眠れるぜ。明日はすっきり目が覚めるさ、今よりかはちょっぴり貧乏になってるけどな」

計画では、ダニエル・ベンシモルは錠剤を飲み、数分のうちに眠りこむはずだった。それからキソンデは革の分厚い手袋をはめてウリからもらったサンゴヘビをリュックから取り出してその頭をつかみ、ダニエルを咬ませるのだ。そして、蛇は部屋に残したまま、だれにも見られないようにそっと出ていく。翌朝、掃除婦が遺体と蛇と錠剤の箱を発見して、人を呼ぶ。叫び声と泣き声の大合唱。涙を誘う弔辞。完全犯罪。

ところが、残念なことにこのムラートは手順に従うことを拒んだ。錠剤を飲んで眠りにつくかわりに、フランス語で悪態をつき、薬の箱をたたき落として立ち上がろうとしたので、キソンデが拳で殴り倒した。男は気絶して、腫れ上がった唇から血を流しながらベッドに伸びてしまった。キソンデは計画どおりに事を運ぶことにした。男の喉に錠剤を押しこみ、手袋をはめ、リュックを開けて蛇の頭を持ち、相手の喉を咬ませようとした。予定外の事態が起きたのはこのときだ。蛇が怒りをこめてキソンデの鼻に食らいついてきたのである。キソンデは蛇をつかんで引っ張ったが、蛇はすぐには離れなかった。ようやく引きはがした蛇をキソンデは床に叩きつけ、何度も何度も踏みつけた。ベッドにへたりこみ、震える手でポケットから携帯電話を取り出してモンテにかけた。

「ボス、やっかいなことになりました」

コテージの敷地の入口に車を停めて待機していたモンテは、6号室へと急いだ。ドアは閉まっていた。軽くノックする。返事がない。今度は力をこめてノックした。今度はドアが開いたのだが、そこには、乱れた髪をして下着姿の、ぴんぴんしたダニエル・ベンシモルがいた。

「失礼、お客さん、大丈夫ですか」

すると、この新聞記者はきょとんとして目をこすった。

「え、大丈夫ではいけないのかな」

モンテは咄嗟に出まかせを言ってごまかした。ほかの客が叫び声を聞いたらしいんだが、たぶん獲物を追いかける夜行性の鳥だったのか、それともさかりのついた猫か、だれかが悪い夢でも見たのか、まあそんなところでしょうなと言って謝り、ぽかんとしているダニエルに引き続きゆっくりお休みくださいと告げて部屋から離れた。モンテはキソンデに電話をかけた。

「いったいお前はどこにいやがるんだよ?」

聞こえてきたのは呻き声だった。震える声が言った。

「ボス、死んじまいます。早く来てください」

そのとき、はっとしたモンテは9号室のコテージに走った。金属製の部屋番号の留め金の上部が外れ、ぶらりと逆さまに下がったそれは6号室になっていた。ドアには鍵がかかっていなかった。室内に入ると、キソンデがドアの前にしゃがみこんでいたが、その顔は腫れ、鼻はさらに膨れ上がり、まぶたがつぶれかかっていた。

「死んじまいます」と言って、キソンデはのろのろと手を伸ばしてきた。「蛇に咬まれたんです」

その背後に、男が口から血を流して倒れているのにモンテは気づいた。

「おい、キソンデ!　そこの男はだれだ?」

そう言いながら、すぐに書き物机の前にある椅子にかかっていた上着のポケットを探った。財布とパスポートがあった。

「フランス人だと！　なんてことしやがった、キソンデ、お前、フランス人を殺したのか！」

モンテはジープを部屋の前まで運転してきて、キソンデを助手席に座らせた。息のないシモン＝ピエールを引きずろうとしていたら、コテージの守衛がひょっこりやってきてモンテを驚かせた。

「やれやれ」。モンテは息をついた。「捨てる神あれば拾う神あり、ってな」

それはモンテの部下として長年働いていた男だったのだ。守衛はさっと背筋を伸ばして挨拶した。

「隊長！」

この男がモンテを手伝ってシモン＝ピエールをジープの後部座席に乗せ、きれいなシーツを持ってきてくれたので二人でベッドを整え直した。部屋も掃除した。蛇（の残骸）をキソンデのリュックサックに入れた。さあ出ようというとき、今回のあれこれを忘れる手助けにしてくれと守衛に百ドルを渡したあとで、モンテはフランス人がルアンダをうろつき回っているときにかぶっていたシルクの帽子に気づいた。

「その帽子は持っていく。服もだ。パジャマ姿で行方をくらます奴はいないからな」

キソンデは軍の病院に置いてきた。それから一時間ほど車を走らせて、だいぶ昔に買った自分の土地にやってきた。ここに、ルアンダの喧騒から離れたこの地に、青く塗った木造の家を建て、妻と共に老後を迎えるつもりなのだ。バオバブの巨木のそばにジープを停めた。美しい夜だった。月は銅色に輝き、まるく、太鼓に張った皮革のようにぴんと張りつめていた。トランクからシャベルを取り出し、雨に濡れて柔らかくなっている土を掘って墓穴を作った。シコ・ブアルキ[14]の古い歌が我知らず浮かんできた。**きみが入ったこの墓穴／掌で測れるほどの長さの／きみの人生でもっともささやかな出**

費だろう／大きさはちょうどいい／広すぎもせず深すぎもせず／この農園できみにぴったりの場所。バオバブの木にもたれかかり、鼻歌で歌った。大きな墓穴だ／きみの亡骸には／でもきみは堂々としている／この世界のほかのどこでよりも。

　ウアンボ市の中等学校の一年生のとき、モンテはアマチュアの劇団に入り、ジョアン・カブラル・デ・メロ・ネト[15]の詩とシコ・ブアルキの音楽による演劇「セヴェリノの死そして人生」を演じたことがある。この経験によって、世の中を見るモンテの目が変わった。ブラジル北東部に住む貧しい農夫を演じながら、植民地制度の矛盾と不正を知った。一九七四年四月、ポルトガルで革命が起きたときはリスボンで法学を学んでいた。あの日は赤いカーネーションで通りが埋めつくされた。彼は片道切符を買ってルアンダに飛び、革命を起こすのだと息巻いた。あれから何年も経た今、彼はブアルキの「ある農民の葬式」を口ずさみながら、どことも知れぬ土地に不運な作家を埋葬しているのだった。

　ルアンダに戻ってきたのは午前四時だった。これからどうするか、あのフランス人の失踪にそれなりの筋立てではないものかと考えていたが、キナシシ市場の前を通りかかったときにぴんと来た。車を停めて、外に出た。死人の帽子を手に取ると、〈キザス〉の隣の建物の裏に回った。〈キザス〉。シモン＝ピエールが前夜にいたディスコだ。モンテは湿った地面に帽子を置いた。ゴミのコンテナの横で居眠りしていた少年を揺さぶった。

「いまの、見たか？」

　少年は驚いて飛び起きた。

「見たって、なにを？」

「あそこ、帽子が落ちているところだよ！　背の高いムラートが立ち小便をしていたら、突然地面に呑みこまれちまった。帽子だけを残して」

少年は大きなニキビ面でモンテのほうを向き、目を見開いて言った。

「まじかよ！　おっさん、本当に見たのか？」

「見た、この目でしかと見たぞ。地面に呑みこまれたんだ。ぱっと小さな光が出て、それっきりもぬけの殻さ。帽子だけが残った」

二人は呆然と帽子を見つめて突っ立っていた。二人の驚愕が伝わり、近くにいた二、三人の少年たちが寄ってきて、おっかなびっくり聞いてきた。

「バイアク、どうした」

バイアクは勝ち誇った顔で少年たちを見た。その後の数日間、みんなが彼の話を聞きたがり、周りには人の輪ができた。いい話のネタを持つ者は、王も同然なのだ。

14　ブラジルの詩人、作家、音楽家（一九四四—）。
15　ブラジルの詩人（一九二〇—九九）。

サバルの死者たち

サバルが壁を壊したその日、ルドはそれまで抱えてきた最大の悪夢を打ち明けた。男を一人殺して、その死体はテラスに埋まっているのだと。少年は淡々と話を受け止めた。

「もう大昔のことだよ、おばあちゃん。その人だってもうとっくに忘れてるよ」

「その人って?」

「その、死んじゃった人。トリニタだっけ。母さんが言っていたけど、死んだ人は忘れっぽくなっちゃうから、それが悲しいんだって。でも、もっと悲しいのは生きている人たちに忘れられちゃうことなんだって。おばあちゃんはその人のことを毎日、毎日、思い出すんでしょう。だったらいいんだよ。笑ったり踊ったりしているその人のことを思い出してあげるといいんだって。ファンタズマと話をするみたいに、トリニタと話してあげなよ。話してあげると、死んじゃった人は安心するんだよ」

「お母さんがそう言ってたの?」

「うん。母さんはぼくが小さいときに死んじゃったんだ。それでぼくは一人っきりになったの。母さんと話はできるんだけど、ぼくのことを守ってくれる人はいなくなっちゃった」

「あんたはまだ子どもなのに」

「子どもでいられないんだよ。母さんの手から遠く離れて、子どもでいるなんてできないよ」

「わたしの手で、あんたを守ってあげる」

そうは言ったものの、ルドはもう長いことだれかのことを抱きしめたことがなかった。どうすればよいのかわからないルドの両腕を、サバルが伸ばしてやった。この老女の膝の上に座れるように、自分でルドの腕の形を整えて膝の上におさまると、死んだ母親のことを話しはじめた。母は看護師だったが、遺体売買に反対して殺されたのだった。母が働いていた北部の町の病院では、遺体が行方不明になることがしばしばあった。黒魔術師に内臓を売って、少ない給料の足しにする者がいたのだ。サバルの母、フィロメナは従業員の不正に異を唱えることから始め、そこから黒魔術師を敵に回した闘争に関わるようになり、次第にトラブルが増えていった。職場から出たところに車が突っ込んできて、危うく轢かれそうになった。自宅は五回も空き巣に入られた。空き巣は、去り際に家の玄関に呪いの言葉や罵り、脅迫の言葉を書いた紙切れを貼っていった。だが、それにへこたれるフィロメナではなかった。ある十月の朝、市場で一人の男が近づいてきたかと思うと彼女の腹にナイフを突き立てた。サバルは母がくずおれるのを見た。母は、苦しい息の下からこう言った。

「サバル、逃げなさい」

フィロメナは、輝く瞳をして肩幅が広く、温かい声で笑い上戸のアンゴラ軍の若い将校を頼って、サン・トメから大きなお腹を抱えて出てきたのだった。将校は彼女をルアンダでなく北部の町に移し、八か月間一緒に暮らし、サバルの誕生にも立ち会い、仕事で南部に行き、数日で帰ってくるはずがそのまま戻ってこなかった。

サバルは市場を走って逃げた。果物の籠やビールの箱、ヒヨコが入った柳の鳥籠をひっくり返しながら。大人たちの怒鳴り声を背に走り続けたサバルは、自宅に着いてようやく足を止めた。家の前で、どうすればよいのかわからないままぼんやりと立っていると、玄関の扉が開き、背中の曲がった黒ずくめの男が出てきて、猛禽のようにサバルに襲いかかってきた。サバルは男をよけて通りのアスファルトに転がると、飛び起きて後ろも見ずにまた走って逃げた。

トラックの運転手がルアンダまで乗せてくれた。サバルは彼に本当の話をした。母親は殺され、父親は行方不明だと。都会に行けば親戚が見つかるかもしれないと。父の名は知っていた。マルシアーノ・バローゾ。以前は、もしかしたら今も軍人で、南部に行ったきりなのだ。サバルは、父親がルアンダ出身ということも知っていた。父方の祖父母はキナシシ広場に住んでいるはずだ。母親がその名を口にしたことを覚えていたのだ。運転手には、その広場には暗い色の水の池があって人魚が住んでいるんだって、とも話した。

運転手はサバルをキナシシで降ろし、ポケットにいくらか札を入れてやった。

「これだけあれば、一週間は部屋を借りて飯も食えるだろう。その間に父ちゃんが見つかるといいな」

サバルは何時間も辺りを歩きまわった。手始めに銀行の入口前に立っているぶよぶよ太った警官に声をかけた。

「すみません、バローゾ将校のこと、知ってますか」

すると警官は敵意に満ちた小さい目をぎらぎらさせてサバルをにらみつけた。

「あっちへ行け、浮浪児め。しっしっ！」

行商の女が気の毒がって話を聞いてくれ、ほかの女たちも呼んできた。そのうちの一人がそこのクカの建物に住んでいたアダン・バローゾという老人のことを覚えていた。しかし、もう何年も前に亡くなっていた。

日が暮れ、腹の虫に誘われて小さな食堂に入り、びくびくしながら座った。スープとコカ・コーラを頼んだ。食堂を出たところで、汚い皮膚で腫れ上がった顔の少年がサバルを壁に押しつけた。

「俺はバイアクってんだ、ちび。キナシシの王だ」。そう言って公園の中央にある女性像を指さした。

「あれは女王ジンガ。俺は王のジンガオンだ。お前、カネ《クンブ》を持ってるのか」

サバルは身を縮めて泣き出した。物陰からさらに二人の少年が姿を現わしてバイアクの両隣に立ち、サバルの逃げ道を塞いだ。二人ともよく似ていて、どちらも背が低くがっしりとした闘犬のようで、小さい目でサバルを睨みながら形のよい唇で笑っていた。サバルはポケットから金を取り出した。バイアクはそれを奪って言った。

「いいぞ、兄弟。いい子だな。今夜は俺たちと一緒に、あのコンテナのあたりで寝てもいいぞ。お前のことは守ってやる。明日になったらお前も働くんだ。名前は？」

「サバル」

「よろしくな、サバル。これはディオゴ」

「どっちが？」

「両方だ。どっちもディオゴだ」

この二つの身体が一人の人間を作っているのだとわかるまで、サバルには少し時間がかかった。彼らはまったく同じ動きをした。というより、シンクロナイズドスイミングのように、二人の振動が調和しているかのような感じだった。同時に同じ言葉をぽつりと言うし、同じ声で笑った。涙も同じだった。彼らを見ると、妊婦たちは失神した。子どもたちは逃げた。しかしディオゴには悪意というものがまったくなかった。その善意はピタンガの木（熱帯産の果樹の一種）のようで、日当たりがよいと実をつけはするが、それも稀で数は少なく、その実のなり方も、確固とした精神性によるものではなく怠惰ゆえという具合だった。ディオゴに大きなホテルの前でクドゥロ（アンゴラ発祥のアップテンポの音楽）・ダンスを踊らせて、バイアクは小銭を稼いでいた。外国人は大喜びで気前よくチップを置いていった。ポルトガル人のジャーナリストがこのクドゥロ・ダンスの小さな記事を書き、ディオゴとバイアクが肩を組んでいる写真と一緒に載せた。バイアクはこの記事の切り抜きを大事に持ち歩き、なにかと言うと自慢げに見せた。

「俺はこの通りの元締めなんだ」

サバルは車を洗うことから始めた。稼いだ金はバイアクに渡した。元締めはみんなの分の食べものを買ってきて、自分には煙草とビールも調達した。ときどき飲み過ぎると口が軽くなってこんな哲学めいたことを言ったりもした。

「真実とは、嘘をつけないだれかの底のとれた靴だ」

バイアクは気が短かった。あるとき、渋滞で止まっていたジープの後部座席からバイアクが奪い取った携帯ラジオを、ディオゴの不注意でほかの少年たちに盗まれたことがあった。その夜、バイアクは池のほとりで焚火をし、鉄板が真っ赤になるまで焼いた。ディオゴを呼ぶと、その手をつかんで熱い鉄板の上に押しつけた。ディオゴの二つの身体が痛みに悶えた。二つの口から甲高い叫びがもれた。焼ける肉のにおいと、ディオゴの苦悶を見てサバルは吐いた。

「お前は弱いな」。吐き捨てるようにバイアクは言った。「お前が王になることはない」

この日以来、サバルを男にするため、どうやっても王にはなれないのだから、少なくとも男にするためだと言って、バイアクは彼を強盗行為に連れ歩くようになった。夕方、ブルジョワたちが車で一斉に帰路につく交通渋滞の時間帯をねらった。エアコンが故障しているので風を入れようとしたり、だれかに声をかけようとしたりしてウィンドウを下ろしている不運な人間がいつもだれかしらいたのだ。するとすかさず陰から飛び出したバイアクが大きな目をぎらぎらさせて、ニキビ跡ででこぼこの顔を突っ込み、ガラスの破片を運転手の喉元に突きつける。その間にサバルは窓から手を入れて財布、時計、なんでも金目の物があればそれを奪う。そのあと二人は全速力で延々と連なる車の間を縫って走り、罵声やクラクションを背に逃げた。ときには弾丸が飛んでくることもあった。

建設現場の足場を上るのはバイアクの考えで、サバルにこう命じた。

「お前が上って、どこか開いている窓があればそっと忍びこめ。俺には無理だ。高いところに上がると気分が悪くなる。高いところに上れば上るほど、自分の背がいかに低いか思い知らされる」

そうしてサバルはテラスによじ登ってきた。そこで死んだ鶏たちを見た。階段を下りて中に入ると、骸骨のように荒れ果てた、家具もドアも梁もない部屋を見つけたのだ。文字と不思議な絵がびっしり描かれた壁が気味悪く、そっと梯子を伝って出てきた。バイアクにはなにもなかったと告げた。それでも翌晩、また足場を伝ってよじ登った。このときは思い切って残りわずかな床のタイルの上を歩いてみた。寝室のベッドのマットレスの上に寝ている老女を見つけた。服は隅に置いてあった。唯一、ややまともに見えるのは台所だけで、それでも壁は煙で黒ずんでいた。大理石の天板が貼られた頑丈なテーブルと、オーブンと冷蔵庫があった。サバルはポケットからパンを取り出した。いつもポケットにはパンを入れてあるのだ。それをテーブルの上に置いた。引き出しには銀のスプーンやフォークのセットがあった。それをリュックに入れて外に出た。盗品を渡すとバイアクは感心して、ひゅーっと口笛を鳴らした。

「よくやった、ちび。カネ《クンブ》とか宝石はなかったのか?」

なかった、とサバルは答えた。あの上の部屋には、このルアンダの道端よりもずっとなにもなかった、と。バイアクは納得しなかった。

「明日も行ってこい」

サバルはただ頷くだけにした。パンを買う金をもらい、パン、ゴイアバーダを一缶、コカ・コーラを買ってリュックに詰め、また建物によじ登った。持っていった物をすべてテーブルに置いてきた。手ぶらで戻ってきたサバルにバイアクは激昂し、拳固で殴り、足蹴にして叩きのめした。頭と首を何度も蹴り、ついにディオゴがバイアクの腕を抑えて遠ざけた。翌晩、サバルはまたテラスに上った。このとき、床で失神しているルドを見つけたのだ。怖くなり、下に降りて、バイアクに薬を買わせてくれと頼んだ。おばあさんが倒れていた、ものすごく具合が悪そうだった、と。バイアクは聞く耳を持たなかった。

「お前には翼があるようには俺には見えねえな、サバル。翼がないんだから、お前は天使じゃないんだ。ばばあはそのまま死なせとけ」

サバルは黙りこんだ。バイアクとディオゴについてロッケ・サンテイロ市場に行き、盗品を売った。大賑わいの市場に階数を積み上げるようにして建つ食堂に入り、みんなで昼食を取った。サバルはバイアクがビールを飲み終えるまで待ち、金の一部をもらえないかと思い切って訊いた。なんといっても、盗品を持ってきたのは自分なのだから。バイアクは激怒した。

「なんでカネ《クンブ》がいるんだ？　必要な物は俺が与えてやってるじゃないか。俺はお前の父親みたいなもんだ」

「じゃあ、せめて金を見せてくれよ。そんな大金、見たことないんだもの」

バイアクは分厚い札束をサバルの手に持たせてやった。サバルはそれを握りしめ、食堂のテラスから砂浜に飛び降りた。膝から血を流しながら立ち上がり、人の群れをかきわけて走って逃げた。バイアクはテラスの欄干から身を乗り出して怒鳴りまくった。

「どろぼう！　このクソ野郎、殺してやるからな！」

サバルは薬と食べ物を買った。キナシシに戻るころには日が暮れていた。足場の側にバイアクとディオゴが座っているのが見えた。そこで、ほかの少年に札を五枚渡して頼んだ。

「バイアクに、ぼくがヴェルデ・バーで待っていると伝えて」

少年は走っていって、バイアクに伝えた。バイアクは飛び起きて走り出し、そのあとをディオゴが追った。サバルは足場をよじ登った。テラスに着いて、ようやく一息ついた。

ダニエル・ベンシモル、ルドの失踪を調査する

ダニエル・ベンシモルはマリア・ダ・ピエダーデ・ロウレンソの手紙を二回読んだ。父親の友人で、ダイヤモンド採掘に一生を捧げた地質学者に電話を入れてみた。老ヴィタリノはオルランドのことをよく覚えていた。

「いいやつだが、愛想もへったくれもない男だったな。他人に厳しくて情がない。釘のついたシャツでも着ているかのようにいつも背筋がまっすぐで、それで『ピコ（棘）』と呼ばれてた。一緒にコーヒーを飲む相手もいなかったよ。友人もいなかった。独立の少し前に姿を消したよ。混乱に乗じてダイヤをいくつか失敬して、ブラジルに逃げたらしい」

ダニエルはインターネットで検索をかけた。オルランド・ペレイラ・ドス・サントスという名の男は何百人と見つかった。手がかりはないか、この男につながるなにかが見つからないかと何時間も検索に費やしたが、徒労に終わった。だが、そのことがひっかかった。アフガニスタン、スーダン、ブータンにいるのならまだしも、オルランドのような男が二十数年もブラジルにいながら、この広大なバーチャルの網になにも引っかからないなどということがあるだろうか？　ダニエルはヴィタリノにもう一度電話をかけた。

「例のオルランドですが、アンゴラに親戚はいましたか」

「いたはずだ。出身はカテテだったな」

「カテテ？　てっきり、トゥーガ（ポルトガル人）かと」

「いやいや、生粋のカテテ生まれだよ。肌は白い。四月二十五日の革命[16]の後はわれわれにも、俺たちの出自を思い出そうと何度も言っていたもんだ。アゴスティニョ・ネトと付き合いがあったことを鼻高々に話していたな。まったく！　長年、植民地主義には関してはだんまりを決めこんでいたくせにな！　ただ、人種差別主義者とつるむことはなかった、それは確かだ、いつも公平な男ではあった。白人も黒人も等しく顎で使っていたからな」

「親戚は？」

「そうだ、親戚の話だったな。たしかやつはヴィトリノ・ガヴィアンの従兄だったはずだ」

「詩人の？」

「浮浪者だよ。まあ、好きに呼んだらいい」

ベンシモルはヴィトリノ・ガヴィアンの居所を心得ていたので、道を渡って〈バイカー〉に入った。有名なパブであっても、この時間ではほとんど客がいなかった。やや奥まったテーブルで四人の老人がトランプをしていた。大きな声で話していたが、ベンシモルが近づいてくるのに気づくとみんな黙りこんだ。

「気をつけろよ」。老人の一人が、ささやきに見せかけてベンシモルには充分に聞こえる声で言った。

「政府お墨付きの新聞の記者だ。ご主人さまの声、ご主人さまの耳でございますってな」

ベンシモルはかっとなった。

「俺が体制の声だっていうんなら、あんたらは体制が出したクソだな」

「まあまあ、怒るな、同志。ビールを飲めよ」

ヴィトリノ・ガヴィアンが苦々しく笑った。

「俺たちはギリシアのコロスだ。国の良心の声さ。俺らはそれなんだよ。みんなでここに日暮れ時に座って、悲劇が進んでいくのを目にしながらああだこうだ言うのさ。だれも耳を貸さない警告を発してるんだよ」

抜け毛が進み、一九六〇年代にパリにいた時分には自らの黒人性を高らかに主張していたジミ・ヘンドリックスばりの豊かな縮れ毛はすっかり禿げていた。こんなふうに頭をつるりと光らせていては、スウェーデンにいても白人として通るだろう。まあ、スウェーデンでは無理かもしれないが。ガヴィアンは怪訝そうに大声で訊いた。

「で、なんの報せだ」

ベンシモルは椅子を引いて、腰掛けた。

「オルランド・ペレイラ・ドス・サントスを知っているか。鉱山技師の」

ガヴィアンは口を閉じ、蒼白になった。

「従兄だ。死んだのか」

16　アンゴラ初代大統領（一九二二―七九）。ベンゴ州カテテ出身。

「知らん。やつが死んだらあんたの得になるのか」

「従兄は独立のときに姿を消した。ダイヤを一山持っていったって噂だ」

「お前さんのことはまだ覚えているだろうかね」

「親しくしていたからな。最初の数年くらいは音信不通でもおかしいとは思わんさ。ダイヤを一山盗んだあとなら、自分のことは忘れてくれと思うだろう。で、忘れられたのさ。みんながあいつのことを忘れてもうだいぶ経つ。なんだって今ごろ従兄のことを訊くんだ」

ベンシモルはマリア・ダ・ピエダーデ・ロウレンソの手紙を見せた。ガヴィアンはルドのことを覚えていた。ちょいと心ここにあらずな風情の女だなと思っていたが、ようやく合点がいった。〈羨望館〉に住んでいた従兄の部屋からの眺望のことはよく覚えていた。独立直前の日々の高揚した空気も。

「その後どういうことになっていくか知っていたら、あのままパリに残っていたんだがな」

「で、なにをしていた？　パリで」

「なんにも、さ」。ガヴィアンはため息をついた。「なんにも、ここと同じでな。けどな、少なくともお上品になんにもしないでいたさ。同じ怠け者もフランス語で『フラヌール』と呼ばれりゃ格好がつくじゃないか」

その日の夕方、新聞社から出たダニエルはキナシシまで歩いて行ってみた。〈羨望館〉は今も破損が目立つ。それでもホールはペンキを塗り替えたばかりで、清潔で若々しい印象を与えていた。エレベーターの前に守衛がいた。

「こいつは動くのか」とダニエルは訊ねた。

男は誇らしげに微笑んだ。

「たいがいはね、旦那。たいがいは動いてますね」

ダニエルの身分証明書を確認してから守衛はエレベーターを呼んだ。ダニエルはそのまま十一階まで上がっていった。エレベーターを降りた。きれいな壁と艶光りする床に気を取られて、一瞬足が止まった。しかし、一部屋、E号室だけが場違いな空気を醸していた。玄関のドアには傷があり、真ん中あたりに開いている小さな穴は弾痕のように見えた。ダニエルはチャイムを鳴らした。部屋の内からはなにも聞こえてこなかった。次に力をこめて三度、ドアをノックした。少年がドアを開けた。大きな目で、その年齢には似つかわしくないほど大人びた表情をしていた。

「やあ」。ダニエルは言った。「ここに住んでいるのかな」

「はい、そうです。ぼくとおばあちゃんで住んでます」

「おばあちゃんと、話をしてもいいかな」

「だめです」

「いいのよ、わたしが話すから」

か細いが毅然とした声がして、つづいて真っ白な顔で片足を引きずり、白髪交じりの髪の毛を二本の太い三つ編みにした女性が出てきた。

「ルドヴィカ・フェルナンデスです。ご用はなにかしら」

ムティアティ・ブルース（2）

老人は、クヴァレの周辺で一月が罠のように現われ出て閉じるのを見た。最初は干ばつだった。牛がたくさん死んだ。山を登り東に進むにつれ、空気が少しずつ穏やかに、地面は冷たく柔らかくなった。わずかな牧草、泥交じりの水がたまった穴が見つかり、このわずかな緑の兆しが指し示すものを探りながら歩を進めていった。すると、侮辱するかのように柵が突如として現われ、光り輝く朝の臀部をつついていた。牛の行く手はそこで遮られた。若者たちは神経をとがらせて集まり、驚きと憤りの混じった短い言葉を声高に吐いた。息子のアントニオがやってきた。汗みずくだった。まっすぐな鼻筋と形のよい顎をした美しいその顔は力み、赤らんでいた。

「どうしますか」

老人は座った。柵は何百メートルと続いていた。柵は右手の、現地の人々が「猫のかぎ爪」とも呼ぶキイチゴの鬱蒼とした繁みから始まり、左手の、さらにみっしりと、さらに鋭い棘を持つ燭台の形をした悪夢のごときサボテンとムティアティの木が群生しているところまで続いていた。柵の向こう側には白い小石が敷き詰められた快適な歩道が作られていたが、この時期、そこには細い小川が流れているはずなのだ。

ジェレミアス・カラスコは一本の小枝を手にして砂をならし、なにごとかを書きはじめた。アントニオはその隣にしゃがんだ。

その午後、彼らは柵を破壊して先へと進んだ。そこにはある程度の水があり、よい牧草もあった。風が吹き出した。風は、さらに遠くの砂漠で引き裂かれてずたずたになった夜を運んできたかのように、重い影を引きずってきた。みんなで耳を澄ますとエンジン音が聞こえてきて、薄明かりと砂埃をぬって、六人の武装した男たちを乗せたジープがだんだんと近づいてくるのが見えた。痩せぎすの濡れた捨て猫のような風体のムラートがジープから飛び降り、右手にAK47を揺らしながら彼らのほうにやってきた。

ポルトガル語とンクンビ語（アフリカで話されるバントゥー語群の言語）でなにかを叫んでいる。風のせいで途切れ途切れではあるが、いくつかの言葉がジェレミアスの耳に届いた。

「この土地には持ち主がいるんだ！　出ていけ！　今すぐ去れ！」

ジェレミアスは右手を挙げていきり立つ若者たちを鎮めようとしたが、遅すぎた。数か月前に妻を娶った「シマウマ」と呼ばれる華奢な若者が槍《エホンガ》を投げた。槍は不穏な空に優雅な弧を描いてムラートのブーツからわずか数センチの地面に乾いた音を立てて突き刺さった。

その刹那、すべてが沈黙した。風までもが動きをひそめたかのようだった。次の瞬間、ムラートが銃口を上げて発射した。正午のぎらつく太陽のもとであったなら、そこは血の海と化していただろう。六人の男たちは武装していた。牛飼いのなかにも軍隊生活を送った経験がある者がいて、銃も携帯していた。だが、あの時間は薄暗く風も吹き荒れていたために、二発の銃弾が肉をとらえたにとどまった。「シマウマ」は腕にかすり傷を負った。ムラートは脚に。双方とも退却したが、この騒ぎで牛飼いは多くの牛をあとに残していった。

翌晩、「シマウマ」を頭領とする牛飼いの若者の一団がふたたび現場に集まり、戻ってきたときには残してきた牛たちのほか、よその牝牛を六頭ほどと、十四歳の少年を連れてきた。「シマウマ」によれば、この子どもは取り憑かれたように馬に乗って彼らを追ってきたのだという。

ジェレミアスは驚愕した。他人の家畜を盗むのは昔からあることだ。珍しいことではない。今回の場合は、いわば物々交換ともいえた。だが、子どもの誘拐、これは問題になりうる。少年を連れてこさせた。深い緑色の目をして、強い癖毛を後ろでひとつにしばっていた。こうした外見の人々をアンゴラでは「境なし」と呼んでいた。昼の光の下では白人に見えても、薄暮のときにはムラートであることがわかってしまう。人は、光から遠ざかるほど真の姿がわかるものだ。少年は老人に面と向かって尊大に言い放った。

「ぼくのおじいちゃんに殺されるぞ」

ジェレミアスは笑い、砂に書いた。

「俺は一度死んだ。二度目はそこまで苦しくはなかろう」

少年は不意をつかれてなにごとかを口ごもりながら言うと、泣き出した。

「ぼくはアンドレ・ルッソ、ルッソ将軍の孫です。お願いですからぼくを痛めつけないでと言ってください。家に帰してください。牛は置いていきますから、ぼくは帰してください」

老人はアンドレを解放してやるように若者たちの説得にあたった。彼らはあちらに残した牝牛を返してもらうこと、さらにはあの土地をこれからも通って家畜に草を食ませる許可をもらうことを条件とした。三日にわたってこの件について話し合いの場がもたれたのだが、このとき、ジェレミアスは目の前で過去が身を屈めるのを見た。過去はすっかり年老いていたが、それは決してよくあることではない。何世紀もの時が経っても寸分変化のない過去もある。だが、この過去は違った。すっかり萎びて、皺も増え、わずかに残る髪の毛はほとんど色をうしなっていた。声だけは、昔のまま太く力強かった。モンテと顔を合わせ、彼が立ち上がり、押し返され、若い牛飼いたちに追われて走って逃げていく姿を見たこのとき、ジェレミアスの記憶にオルランドのダイヤモンドのことが蘇った。

クバンゴ川の奇妙な運命

ナセール・エヴァンジェリスタは新しい仕事に満足していた。青い制服は清潔そのもので、仕事中の大半の時間は、机に座って本を読みながら目の隅で玄関を見張っていた。ルアンダのサン・パウロ収容所に収監されていた数年間で読書の愉しみを覚えたのだ。解放されてからは工芸品の職人として働き、KM17市場で仮面を彫っていた。あるとき、同じ監房に入っていたペケーノ・ソバと偶然再会し、キナシシの〈羨望館〉の守衛として働かないかと誘いを受け、こちらに転職してきたのだった。

「落ち着いた仕事だよ」と新たに彼の雇い主となったペケーノ・ソバは言った。「仕事をしながら本も読める」

この言葉が決め手となった。この日の午前、ナセール・エヴァンジェリスタが七度目にロビンソン・クルーソーの冒険譚を読んでいるとき、あばた面の汚い顔をした少年が建物の入口あたりをうろついているのが目に入った。ナセールは本に栞をはさみ、引き出しにしまった。それから立ち上がり、入口のドアのところまで行った。

「おい、そこの。あばた面。俺の建物になんの用だ」

「おじさん、ここには男の子が住んでいるのかな」

「たくさん住んでるさ、当たり前だろ。この建物はどでかいんだから」

「七歳の子だよ。サバルっていうんだ」

「ああ、サバルか。あの子なら、十一階のE号室だ。いい子だな。おばあちゃんと一緒に住んでいるが、見たことはないな。おばあちゃんは家から出ないんでな」


ちょうどそのとき、さらに二人連れがやってきた。イタリアの漫画『コルト・マルテーゼ』から抜け出してきたかのような黒ずくめの男たちが坂を上ってくるのを目にしたナセールは身構えた。歳を取ったほうは、赤と黄色の縞模様のムクバル族の縁なし帽をかぶり、いくつもの首飾りと幅広の腕輪を身に着けていた。古い革製のサンダルを履き、ひび割れた大きな足は埃に覆われていた。老人に寄り添う男は細身で背が高く、モデルのような身のこなしで優雅に歩いている。彼もまたたくさんの腕輪と首飾りをしていたが、こちらはそうした装身具も、頭にのせた山高帽も自然になじんで見えた。男たちはナセールのほうに向かって決然と歩いてきた。上に行かせてもらう、と若いほうが告げ、同時に迷惑そうな仕草でナセールが近寄ろうとするのを止めた。ナセールは前々から、身分証明書か運転免許証の番号をあらかじめ記録しなければだれもエレベーターに乗せてはいけないと厳しく言われていた。この二人の行く手を阻もうとした隙に、バイアクが階段を駆け上がっていった。ナセールはその後を追い、ジェレミアスと息子はエレベーターを呼んで乗りこみ、昇っていった。十一階でエレベーターを降りたところで、老人はめまいを覚えた。息苦しくなり、一瞬、壁にもたれた。そのとき、ダニエル・ベンシモルがルドに挨拶しているのが目に入り、一度も会ったことはないのに、彼女がだれかを察知した。

「あなたにお見せしたい手紙があるのです」とダニエルは言っていた。「中に入れていただけますか。奥さんには腰を下ろして話を聞いてもらいたい」

その間に、マグノ・モレイラ・モンテが建物に入ってきた。守衛がいなかったので、自分でエレベーターを呼んで昇った。昇っている途中、バイアクを追いかけながら怒鳴るナセールの声が外から聞こえてきた。

「戻れ。勝手に上っちゃいかん」

ペケーノ・ソバは、家でひげを剃りながら、守衛の怒鳴り声を聞いて不審に思った。顔を洗い、ズボンを穿いて玄関からなにごとかと覗いてみた。バイアクがその目の前を走り抜け、ジェレミアスと息子を押しのけ、ダニエル・ベンシモルから数メートルのところで足を止めた。つづいてすぐにエレベーターの扉が開き、二十五年前に自分を尋問し拷問にかけた男がそこにいるのを見て、ペケーノ・ソバは驚愕した。

バイアクはズボンのポケットから飛び出しナイフを取り出してサバルに向かった。

「コソ泥！　お前の耳を切り落としてやる！」

サバルは彼の正面に立った。

「やってみろよ。もうお前なんて怖くないぞ」

ルドはサバルを部屋の中に引っ張りこんだ。

「中に入りなさい。玄関を開けるのではなかったわ」

ナセール・エヴァンジェリスタがバイアクに飛びかかり、ナイフをつかんだ。

「落ち着け、いいか、それを離せ。話し合おう、な?」

呆然としているペケーノ・ソバを見つけたモンテは顔を輝かせた。

「おやおや、同志のアルナルド・クルスではないか。だれかがアンゴラの現状を嘆くのを耳にすると、いつもきみの名前を出させてもらっているよ。頭がイカレた連中までもが金を稼いでいる、体制の敵ですら肥え太るんだから、この国はどれだけ懐が深いんだろうってな!」

目の前でいろいろなことが一気に起きて面食らったアントニオは、巻き舌のクヴァレ語で老人の耳にささやいた。

「この連中は牛を持っていませんよ、お父さん。牛のことなどなにもわかっちゃいない」

ダニエル・ベンシモルはルドの腕を取った。

「奥さん、ちょっと待ってください。手紙を読んでください」

ペケーノ・ソバは人差し指でモンテの胸をぐっと押した。

「なにがおかしい、ハイエナ野郎。ハイエナどもの時代は終わったんだよ」

ルドは封筒を突き返した。

「この目では、なにも読めないんです」

モンテはペケーノ・ソバの腕を払いのけ、身体の向きを変えたところでジェレミアスに気づいた。

この偶然にさらに気をよくしたようだった。

「おっと、ここにも知った顔がいるぞ。この前のナミベでの再会はうまくいかなかったな、少なくとも俺にとっては。だが、今お前らは俺のシマにいるんだからな」

モンテの声を聞いて、ダニエル・ベンシモルに震えが走った。素早くモンテのほうに向き直った。

「あんたのことは覚えてるぞ。シモン＝ピエールが失踪した夜に俺を起こした男だな。本当は俺を消すはずだったんだろう?」

このとき、その場にいた全員の視線がモンテに注がれていた。ナセール・エヴァンジェリスタはバイアクを放すと、ナイフの刃を上に向けて、顔を真っ赤にしてモンテに迫った。

「旦那、あんたの顔は俺もよおく覚えてますぜ。ところがそいつはあんまりいい思い出じゃあねえんだなあ」

モンテは、自分がジェレミアス、アントニオ、ペケーノ・ソバ、ダニエル・ベンシモル、ナセール・エヴァンジェリスタに囲まれていることに気づき、じりじりと階段のほうに後退していった。

「まあまあ、もう過去の話じゃないか。みんな同じアンゴラ人なんだから」

ナセール・エヴァンジェリスタにその言葉は聞こえなかった。彼に聞こえているのは自分の叫び声だけだった。四半世紀前のあの部屋、狭い監房、糞と小便のにおい。同じ暗闇のどこかから聞こえてくる、結局一度も顔を見ることはなかった女の叫び声も聞こえた。叫び声と犬の吠え声。彼の後ろではすべてが叫んでいた。すべてが吠えていた。二歩、近づいてモンテの胸にナイフの刃を突き立てた。ところが、あまりにも手ごたえがなく、不審に思った。そこで、もう一度ナイフを刺した。モンテはよろめいて蒼白になり、手をシャツに当てた。血はなかった。服もそのままだった。ジェレミアスはナセールの肩をつかみ、自分のほうに引き寄せた。ダニエルがその手からナイフを奪い取った。

「偽物だ。よかった、このナイフは偽物だよ」

つまり、そういうことだった。ナイフの持ち手には隙間があって、なにかに押しつけられると、バネが作用して刃はそこに押しこまれる仕掛けとなっていたのだ。

ダニエルは自分の胸や首にナイフを突き立てて、ナイフの仕掛けを見せた。それからジェレミアスに襲いかかり、次にナセールを刺した。ダニエルが大きな声で笑い出し、その神経質な大笑いはほかの人たちにも伝染していった。ルドもサバルに寄りかかって笑い、その目から涙がぼろぼろと流れた。

モンテだけはしんとしていた。シャツの皺を伸ばすと、姿勢を正して階段を下りた。外に出ると空気が燃え立っていた。乾いた風が木々を吹き抜けていった。モンテは懸命に呼吸していた。胸が痛んだ。ナセールに偽のナイフを突き立てられたところではなく、胸の内が、どこか秘密の、自分でも名前のわからない場所が痛むのだった。目をこすった。ポケットからサングラスを取り出してかけた。なぜだか理由ははっきりとしないまま、オカヴァンゴ・デルタに浮かぶ一艘のカヌーのイメージが記憶に浮かんできた。

クバンゴ川は、ナミビアとの国境を超えるとオカヴァンゴ川と呼ばれるようになる。大きな川だが、ほかの多くの川とは行き先を異にしていた。クバンゴ川の流れ着く先は海ではないのだ。たくましい両腕をいっぱいに広げながら、川は砂漠の真ん中で死んでしまう。その死は崇高かつ寛大で、カラハリ砂漠を緑と生命で満たす。モンテは結婚三十周年の記念日をオカヴァンゴ・デルタの自然豊かなホテルで過ごした。子どもたちからのプレゼントだった。満ち足りた日々を、彼とマリア・クララは二人で過ごしたのだ。カブトムシや蝶を捕まえたり、読書したり、カヌーに乗ったりしながら。

忘れられることを恐れてやまない人たちがいる。病理学的には被忘却恐怖症と呼ばれる。モンテの場合は、それと反対だった。彼は、だれからも忘れてもらえないという恐怖とともに生きていた。あそこでは、オカヴァンゴ・デルタでは、自分の存在を忘れてもらえたような気がしたのだ。彼は幸せだったのだ。

ナセール・エヴァンジェリスタはいかにして
ペケーノ・ソバの脱獄を助けたか

われわれは、つねに失意のために死ぬ。つまり、生気が不足したとき、そのときにわれわれは死ぬのだ。というのが、ペケーノ・ソバの持論だ。この論を裏づけるため、この企業家は二度目に投獄されたときの話をする。獄中の劣悪な環境、手荒な扱い、拷問に耐えていた彼の姿には、不運にも同じく牢につながれた仲間だけでなく、看守や警察官たちですら心を動かされた。

「勇敢だったわけではないよ」と彼は打ち明けた。「腹の底から怒っていたんだ。ぼくの魂は不公正に対して激怒していた。恐怖は、たしかに恐怖は殴打よりも痛んだが、憤怒のほうが恐怖よりも大きくなっていたから、警察にも面と立ち向かうことができた。絶対に黙らなかった。大声で怒鳴られたら、ぼくも怒鳴り返した。あるときから、向こうが怖がっていることに気づいたんだ。ぼくが向こうを怖がるよりも、向こうのほうが怖がっていることに」

あるとき、懲罰として「キファンゴンド」と呼ばれる極小の独房に閉じ込められたとき、ペケーノ・ソバは一匹のネズミと出会い、それを飼いはじめた。ネズミにはエスプレンドール（光彩）と名づけた。どこにでもいる茶色い不愛想なネズミで、片耳は齧られてぎざぎざ、毛の艶もよくないこの動物には過ぎた名前だったかもしれない。エスプレンドールを右肩に乗せて独房から戻ってきたペケーノ・ソバをからかう仲間もいたが、ほとんどだれも気にもしなかった。一九七〇年代が終わるあのころ、サン・パウロ収容所は個性的な人間たちの見事なコレクションとなっていた。アメリカや英国の傭兵たちが戦闘中に捕らえられ、不運なＡＮＣ（アフリカ民族会議）からの追放者たちと一緒にいた。極左のインテリな若者たちはポルトガルの年季の入ったサラザール主義者たちと意見を交わしていた。ダイヤモンドの運び屋をしていて捕まった者もいれば、国旗掲揚のときに起立しなかったとして逮捕された者もいた。以前は政党の有力者だった者もいて、大統領と親密だったとうそぶいたりしていた。

「あの親父とは昨日まで一緒に釣りをしていたんだ」と、その一人がペケーノ・ソバに威張ってみせた。「なにがあったかあいつが知れば、俺をここから出して、こんなことをしやがった阿呆どもをしょっぴいてくれるはずだ」

その男は、翌週銃殺刑に処された。

自分がなぜ逮捕されたのかわかっていない人間もたくさんいた。気がふれてしまう者もいた。正気をなくす看守たちもいた。尋問はしばしばとりとめもなく理屈も欠き、情報を引き出すことよりも被疑者をいたぶり混乱させることのほうが目的であるかのようだった。

こういう状況下では、調教したネズミと暮らす男など珍しくもなかったのだ。ペケーノ・ソバはエスプレンドールを大事にし、いろいろと芸を仕込んだ。お座り、と言うとネズミは座り、回ってごらん、と言うとくるくると円を描いて走った。この噂を耳にしたモンテがペケーノ・ソバの監房までやってきた。

「新しいお友だちができたそうだな」

ペケーノ・ソバは返事をしなかった。政府警察の警官には、怒鳴られないかぎりなにも答えないようにする、と自分で決まりを作っていたのだ。怒鳴られたときには大声で怒鳴り返し、ファシスト、独裁者側に立つ人間めと糾弾した。無視されたモンテは腹を立てた。

「お前と話しているんだよ、おい！　俺を透明人間扱いするな」

するとペケーノ・ソバは黙って背を向けた。ついにモンテの頭に血がのぼった。相手のシャツを引っ張ると、そこにエスプレンドールがいた。さっとネズミをつかむと、床に叩きつけて踏みつぶした。この時代の監獄の塀の内側では、無数の犯罪が、しかも重大な犯罪が起きていたので、エスプレンドールの小さな死を気に留める者はいなかった。ペケーノ・ソバ以外には。この若者はその後重篤な鬱状態に陥った。口をきかず、動かず、同房の仲間にもまったく無関心なまま、むしろに横たわって幾日も過ごした。がりがりに痩せ細り、背骨がサンザ（アフリカの楽器の一種）の鍵盤のように皮膚から飛び出し、ついには病棟に運びこまれた。

逮捕されたとき、ナセール・エヴァンジェリスタは看護助手としてマリア・ピア病院で働いていた。政治には関心がなかった。当時、彼の頭をいっぱいにしていたのは、大胆なミニスカートから惜しげもなく長い脚を露わにし、アンジェラ・デイヴィスのような丸く盛り上がった髪の毛で知られた、スエリ・ミレラという名の若い看護師だったのだ。治安当局の捜査官と婚約していた彼女は、ナセールの甘い言葉になびいた。これを知った婚約者は激怒して、反政府クーデター《フラシオニズモ》に関与したとしてナセールを告発した。逮捕されたナセールは監獄の病棟で働くようになったのだが、運びこまれたペケーノ・ソバを見て深く同情し、突拍子もない計画を思いついて実行に移した。ところが幸運なことに計画はうまく運び、この衰弱しきった若者は自由へと戻ることができたのだった。「自由」とは言っても相対的なものであって、当のペケーノ・ソバは、仲間が牢獄にいる間はだれも真の意味では自由ではない、とよく言っていたのだが。

ナセール・エヴァンジェリスタは、ペケーノ・ソバ、つまりアルナルド・クルス、十九歳、法科の学生を死亡と記録して、自らの手でその遺体を棺桶に入れた。ペケーノ・ソバが入隊していた小さな党派の兵士が遠い親戚を騙って棺を受け取った。アルト・ダス・クルゼスの墓地でひっそりと葬式が行なわれ、棺は埋められた。とはいえ、埋葬は本人を外に出してからの話である。以降、ペケーノ・ソバは自分の命日とされる日には墓地を訪れて花を供えるようになった。「ぼくにとっては生命のはかなさに思いをはせる日でもあり、他者になってみる試みでもあるんだ」と彼は友人たちに語った。「墓参りをする、そのとき自分は近い血縁のだれかなのだと思ってみる。事実、ぼくはぼくの一番近い血縁なわけだし。そして彼のいいところも悪いところも思い、涙を流す価値がある人間だろうかと考える。だいたい、いつも少しだけ、泣くんだ」

数か月後、警察はこのぺてんに気づき、彼はまた牢獄に逆戻りになった。

ルアンダの謎

ペケーノ・ソバは、工芸品の売り子たちと話すのが好きだった。小路に並ぶ木製の屋台の間をあてどなく歩きまわり、コンゴの布、夕陽に照らされながら打楽器に合わせて踊る黒人たちの姿を描いた無数の絵を眺めた。チョクウェ族の仮面は、職人が雨季の間に土の下に埋めておいて古いものに見せかけてあった。いくつか買い求めることもあったが、それがほしいからというより売り子との会話を長引かせたかったからだ。利益を求めるよりも相互扶助の精神から、彼は工芸品を生産し商品化する会社を立ち上げていた。自分でもアフリカ黒檀で作る商品のデザインを考え、それを職人たちが真似て形にしたりもした。商品はルアンダ空港や、パリ、ロンドン、ニューヨークなどにあるフェアトレード製品の店などで売られた。おかげで、二十四、五人ほどの職人たちが仕事を得た。一番よく売れたのは「考える人」という古くからあるアンゴラの木彫りの人形にさるぐつわを嚙ませたものだった。そちらのほうは「考えるべからず」と呼ばれた。

その午後のペケーノ・ソバは、商人たちに軽い挨拶をするだけで市場を通っていった。挨拶してくる人たちには、ただ笑顔で頷いて応じた。パピー・ボリンゴのショーが始まっていたのだ。バオバブ・オーケストラに合わせてフォフォが懐かしい歌をうたうのだ。バーは人でごった返していた。ペケーノ・ソバが来たのに気づいた店員が折り畳み椅子を持ってきてくれたので、それを開いて腰掛けた。リズムに合わせて口を開けたり閉じたりするフォフォに、客は笑いながら夢中になっていた。

ペケーノ・ソバはこのショーはもう何度も見たことがあった。パピー・ボリンゴがパリ亡命中にサーカスで働いていたことも知っていた。彼の生計を支えるあの見事な腹話術を会得したのはそのころだったのにちがいない。それでも、自分たち以外だれもいないときでも、パピー・ボリンゴはこの見世物が正真正銘の本物だと言い張った。

「フォフォはしゃべるのさ!」からからと笑いながら、必ずそう言う。「フォフォは歌う。俺じゃない。最初に言葉を教えこんだんだ。あの子はまだ小さかったよ。それから歌を教えてやった」

「じゃあ、あなたから離れたところで歌わせてみせてよ」

「無理だね。そんなことはやらん。あれは照れ屋でね」

ペケーノ・ソバはショーが終わるまで待った。観客は、たった今目にした奇跡に、愉快に胸をはずませながら出ていった。ペケーノ・ソバは演者たちのほうに行った。

「おめでとう。どんどん上手になるね」

「それはどうも」。大げさなバリトンの、機械的な声でカバが言った。「客層もよかったね」

ペケーノ・ソバはカバの背中を掻いてやった。

「それで、あの小さな農園はどうだい」

「うん、すごくいいよ、おじさん。水もたっぷりあるし、ごろごろ転がれる泥もある」

パピー・ボリンゴが陽気に笑い出した。ペケーノ・ソバもつられて笑った。フォフォも二人を真似していかのように、頭を振りながら小さな舞台の上で太い脚を踏みならした。

このバーのオーナーは、元ゲリラ戦闘員のペドロ・アフォンソといった。地雷で右脚をうしなってはいたが、ダンスへの情熱までもなくしたわけではなかった。彼が踊るところを見て、片方が義足なのだと気づく者はいるまい。友だちが二人で大笑いしているのを見て、彼は踏み固めた土の床を華麗なルンバのステップで近づいてきた。

「神が音楽を作りたもうたのは、貧乏人を幸福にするためなり」

そして、ビールを三人分持ってこさせた。

「貧乏人の幸福のために飲もう」

ペケーノ・ソバはそれをとどめた。

「えーっと、ぼくも?」

「お前さんが? ああそうだ、お前さんが金持ちだってことをつい忘れちまう。この国では、ぱっと見で高慢ちきなやつは金持ちなんだとすぐわかる。お前さんの金は、お前さんの頭までは届かなかったみたいだな」

「かたじけない。ぼくがどうやって金持ちになったか知ってる?」

「鳥が一羽、天から舞い降りてきてお前さんの手にダイヤを二粒吐いたと言われているがな」

「まあ、そんなものだよ。鳩を殺して食べようとしたら、その腹にダイヤが二粒入っていたんだ。そのダイヤの持ち主がついこの前、わかったんだよ」。そこまで言うとペケーノ・ソバはふと口をつぐみ、友人二人の驚く顔を見て楽しんでいた。「ダイヤはね、ぼくの隣に住むポルトガルの老婦人のものだったんだ。彼女は金持ちなのに、二十数年ものあいだ極貧にあえぎながら暮らしていた。そして、そうとは知らずにぼくのことを金持ちにしてくれた」

そして、事の次第を、行きつ戻りつしながら、そして不明瞭な部分は上手につくろいながら詳しく話して聞かせた。パピー・ボリンゴは、その老女はまだダイヤを持っているかどうか知りたがった。

「持っていたよ」とペケーノ・ソバは答えた。「大きすぎて鳩が見向きもしないダイヤを二つ。そしてそれをムクバル族の遊牧民の二人組にあげていた。どうやら昔の知り合いらしい。いきさつは知らないけれどね。ルアンダは謎だらけだ」

「まったくだ」とペドロ・アフォンソは言った。「この都には謎がいっぱいだ。夢にも収まりきらないような不思議な話を、ここでいっぱい目にしたもんだ」

モンテの死

マグノ・モレイラ・モンテが命を落とした原因は、パラボラアンテナだった。アンテナを修理中に屋根から落ち、そのアンテナが頭を直撃したのだ。新たな時代の皮肉な寓話としてこの話を見た者もいた。かつての秘密警察の捜査官、記憶にとどめておきたい者などほとんどいないアンゴラの、ある歴史の最後の生き証人が未来に殺されたのだ。自由な交信が、蒙昧主義に、沈黙と検閲に勝利したのだ。世界主義が郷党心を押しつぶしたのだ。

マリア・クララはブラジルのテレビドラマを日ごろから熱心に観ていた。反対に夫はテレビはほとんど観なかった。軽薄な番組ばかりだと腹を立てた。ニュース番組はさらに腹立たしかった。サッカーの試合は観て、贔屓のチームはプリメイロ・デ・アゴスト（アンゴラのサッカーチーム）とベンフィカ（ポルトガルのサッカーチーム）だった。たまに、パジャマに室内履きという格好でくつろぎながらモノクロの古い映画を観返したりもしたが、好んだのは読書のほうだった。これから迎える晩年は、ジョルジエ・アマード、マシャード・ジ・アシス、クラリッセ・リスペクトール、ルアンディノ・ヴィエイラ[17]、ルイ・ドゥアルテ・

17　アンゴラの作家（一九三五―）。

デ・カルヴァーリョ、フリオ・コルタサル、ガブリエル・ガルシア＝マルケスを読んで過ごす予定だった。

都会の汚れた空気と騒音を後にして引っ越してきたとき、モンテはテレビを廃棄しようと妻を説得した。マリア・クララは同意した。夫に同意することが習慣となっていたのだ。初めの数週間は二人とも読書に励んだ。すべてがうまくいっているように見えた。だが、マリア・クララが次第に沈みがちになりはじめた。友だちと何時間でも長電話をするようになった。そこで、モンテはパラボラアンテナを設置してやることにした。

ある意味で、彼は愛のために死んだのだった。

邂逅

マリア・ダ・ピエダーデは背が低く神経質な感じの女性で、長く伸ばした手入れの悪い黒っぽい髪の毛を頭の上で高くまとめているせいで、鶏のとさかのように見えた。ルドには彼女の顔の細部がはっきりとは見えなかった。それでも、そのとさかには気がついた。鶏みたい、と思ってからすぐにそんなことを考えた自分を悔いた。娘が到着するまでは何日もそわそわしていたのに、実際に目の前に現われると気持ちが鎮まった。ルドは娘を部屋に招き入れた。居間の壁はすでに塗り直してもらい、床も張り替えてドアも新たにつけてあった。こうした手配を一手に引き受けてくれたのが隣人のアルナルド・クルスで、ぜひにと言って家具まで購入してくれた。この部屋をルドのために買い上げて終身用益権を与えたうえ、サバルが大学を卒業するまでの学費も払うと約束してくれていた。

女性が入ってきた。救命道具のようにハンドバッグにしっかりつかまり、椅子のひとつに身を固くしながら腰掛けた。サバルはビスケットとお茶を用意しに行った。

「なんとお呼びすればよいのかしら」

「ルドヴィカと。それが名前ですから」

「いつか、お母さんと呼べる日が来るでしょうか」

ルドは自分の腹に手をぎゅっと押しつけた。窓の向こうに、ムレンバの木の一番高い枝が見えた。ちょっとやそっとの風では揺れない枝だった。

「なんの言い訳もできないと思っています」とルドは小さな声で言った。「わたしはとても若くて、怯えていたの。でも、だからと言って、自分がしたことを正当化することはできない」

マリア・ダ・ピエダーデは椅子を引っ張ってルドのそばに来た。そして、右手をルドの膝の上に置いた。

「なにかをしてもらおうと思ってルアンダまで来たのではありません。あなたに会いに来たのです。できれば、故郷に一緒に連れて帰りたいと思っています」

ルドは彼女の手を握った。

「娘さん、わたしの故郷はここなの。帰るところはほかにないわ」

そしてムレンバの木を指さした。

「わたしはね、あの木が大きく育つのをずっと見てきたの。あの木はわたしが老いていくのを見てきた。木とわたしで、ずいぶんいろんな話をしたものよ」

「アヴェイロにも家族ができますよ」

「家族?」

「家族も、お友だちも、いろいろと」

ルドはサバルのほうを見て微笑んだ。サバルはソファに沈みこんで、じっと聞き耳を立てていた。

「わたしの家族は、あの子と、外のムレンバの木、犬のファンタズマよ。目はどんどん悪くなってきている。お隣さんの友人の眼科医が往診に来てくれてね。完全に失明することはないでしょうと言ってくれた。すぐ近くのものなら見えるでしょう、と。光はいつもわかる、そしてこの国の光といったらお祭りの真っ最中のようなのよ。とにかく、これ以上望むものはないの。光もある。本を読んでくれるサバルがいる。それに、毎日ザクロをひとつ食べられる喜びもあるからね」

愛という名の鳩

ペケーノ・ソバの人生を一変させ、さらには空腹までをも満たしてくれたあの鳩の名は「アモール（愛）」といった。おかしいだろうか？　文句があるならマリア・クララに言ってほしい。そんな名前をつけたのは彼女だったのだから。マグノ・モレイラ・モンテの未来の妻は、アンゴラ独立の頃にはまだほんの高校生だった。父親のオラシオ・カピタンは税関の職員で、伝書鳩を飼育していた。マリア・クララが名づけた鳩は次々にチャンピオンになった。たとえば、アモールの前には「ナモラード（恋人）」（一九六八）、「アモローゾ（愛らしい）」（一九七一）、「クラモローゾ（物悲しい）」（一九七二）、そして「エンカンタード（見事な）」（一九七三）がいた。アモールは、まだ卵のときにあやうく捨てられそうになったことがある。「こいつはだめだ」とオラシオ・カピタンは娘に説明した。「よく殻をごらん。ざらついて分厚いだろう。健康で丈夫で、よく飛ぶ鳩はつるりとして艶のある卵から生まれるものだ」。娘はその卵を中指と中指の間で回してから、こう予言した。

「これ、チャンピオンになるわよ、パパ。雛が孵ったらアモールという名にするわ」

アモールは細い脚をして生まれてきた。雛は巣房でぴいぴいとよく鳴いた。さらには羽毛が揃うのも遅かった。オラシオ・カピタンは嫌悪感もあらわに言った。

「マリア・クララ、これはもう始末しなくては。こいつがうまく飛ぶことはないだろう。できそこないだ。伝書鳩の飼育者たるもの、よい鳩とだめな鳩の見分けくらいつけられないといかん。だめなものは処分だ。できの悪い鳩にかまっている暇はない」

娘は譲らなかった。「だめよ！　この鳩は絶対にうまく育つ。確信があるの。アモールは勝つために生まれてきた鳩よ」

事実、アモールはだんだんと成長しはじめたのだが、今度は成長しすぎてしまった。同じ鳩舎のほかの鳩たちよりずっと大きく太った鳩を見て、オラシオ・カピタンはふたたび首を振った。

「この鳩は食用にする。大きな鳩に利があるのは速度を競うときだけだ。長距離には向いていない」

ところがそれは誤りだった。アモールはマリア・クララの期待に見事に応えたのだ。一九七四年と七五年はアモールの栄光の年だった。速度があり、果断で、根っから鳩舎を愛していた。

「あの野郎は心底故郷が好きなんだな」と、ついにはオラシオ・カピタンも認めた。「よい鳩の最大の特徴は、故郷への強い愛着があることだ」

鏡の前に立つと、オラシオ・カピタンはそこに背が高く筋骨たくましい男の姿を見た。だが、実際の彼は、まるきり正反対の外見で、身長は百六十センチそこそこ、撫で肩に細い腕をして小鳥のように華奢な骨格だった。喧嘩に尻込みしたことはなく、機を見て最初に拳固を突き出すのは彼のほうでも、相手から反撃されるといつも手ひどく痛めつけられるような弱々しい体軀ではあったが、それでもつねに巨像のごとくどっしりと構えていた。生まれはルアンダ、混血の小ブルジョワ家庭の出身で、ポルトガルにはただの一度しか行ったことはなかった。それでも本人の言によれば、正真正銘、生粋のポルトガル人なのだった。ポルトガルで一九七四年の四月革命が起きたときには、憤慨したり呆然としたりした。ある日は怒り心頭、また別の日は心ここにあらずで、ぼんやり空を眺めているかと思えば、反逆者や共産主義者に対して罵詈雑言を吐き、あの恥知らずどもはアンゴラをソヴィエト帝国に売るつもりだと鼻息を荒くした。内戦の始まりとMPLA、さらに彼らと連帯を組んだキューバ人と東側諸国の動きに戦々恐々としていた。大方の人々と同じくアンゴラを去ることもできたのだが、その道は選ばず、こう言っていた。

「一人でも真のポルトガル人がいるかぎり、アンゴラはポルトガルであり続ける」と。

アンゴラ独立に続く数か月の間に、前々から囁かれていたとおりの悲劇が次々に起こるのも目にした。入植者とアンゴラ生まれの中産階級の大多数が逃亡し、工場や小さな商店がどんどん閉鎖して、水道、電気、ゴミ収集などの公的サービスが崩壊し、監獄は溢れかえって銃殺刑が横行した。オラシオ・カピタンは鳩舎に通うのをやめた。日々〈バイカー〉で過ごし、「俺の言ったとおりだろう」と数少なくなった友人たちにくだを巻いた。友人たちもかつての公務員で、この老舗の居酒屋にいまだに通っていたのだ。あまりにしつこく自分の予言が当たったと繰り返すものだから、ついには「俺さまの言うとおり」とあだ名がついてしまった。

ある霧雨《カシンボ》の朝、新聞を開くとなにかの集会の写真が目に入った。一面に写りこんでいたのは肩を組んだ娘のマリア・クララとマグノ・モレイラ・モンテの姿だった。とりもなおさず、かつてのポルトガル政治警察の情報局員で、独立後には情報収集や警護などで生計を立てていた友人、アルトゥール・ケヴェードのところに駆けこんだ。

「この男を知ってるか？　こいつはだれだ？」

ケヴェードは憐憫を隠さず旧友に向き合った。

「熱狂的な共産主義者だ。頭が切れ、頑固で、ポルトガル人を心底憎んでいる、一番たちの悪い共産主義者だ」

オラシオはふらふらになりながら家にたどり着いた。自分の娘が、あのおちびさんが、お姫さまが、革命分子の手に落ちたのだ。死んだ妻にどう顔向けすればいいのだ。歩を進めるごとに鼓動も速くなった。家に着いたときには怒りを抑えきれなくなり、怒鳴りながらドアを開けた。

「マリア・クララ！」

娘はエプロンで手を拭きながら飛び出してきた。

「パパ？」

「今すぐ、荷物をまとめなさい。本国に行くぞ」

「なんですって」

マリア・クララは十七歳になったばかりだった。柔和な美貌は母親から、強気で頑固なところは父親ゆずりだった。彼女より八歳年長のモンテは、一九七四年、あの歓喜の一年に彼女のポルトガル語の授業を担当していた教師だった。娘がモンテに惹かれたのは、彼に父親と同じ短所を見たからだった。そしてまた、彼が授業でジョゼ・レジオ[18]の詩を朗読したときにその深い声にも魅了された。**この人生は奔放な嵐／逆巻く波／疲れ知らずの活発な原子……／いったいぼくはどの道を行き／どこへ行くのか／――そこには行かない、それは確かだ！**

娘はエプロンを脱ぎ捨てると、それを踏みつけて怒りをぶちまけた。

「行くならパパが一人で行ってよ。わたしは自分の国に残りますから」

オラシオはマリア・クララの頬を平手で打った。

「お前はまだ十七歳で、俺の娘だ。俺の命じたとおりにするんだ。今日は家から出るんじゃないぞ。これ以上ばかな真似をするんじゃない」

オラシオは手伝いの者にマリア・クララを外に出すなと命じると、飛行機のチケットを買いに出かけた。アルトゥール・ケヴェードに二束三文で車を売り、家の合鍵も渡した。

「毎日あの家に行き、窓を開けて芝に水を撒いてくれ。まだ人が住んでいると思わせたいんだ。共産主義者どもにあの家に入りこまれるのはごめんだからな」

マリア・クララはもう長いあいだ、恋人との通信に鳩を使っていた。殺人の脅迫を匿名の人間から受けるようになって、オラシオは電話線を切ってあった。この脅迫は政治の問題とはなんら関係がなかった。まったくなにもだ。オラシオは、以前の職場だった税関のだれかがなにかを妬んでかけてきているのではないかと思っていた。モンテはといえば、秘密の命令を受けてあちこちを旅していて、ときには戦場まで赴くこともあった。マリア・クララは当時、一人で鳩舎の世話をしていて、彼に三、四羽の鳩を渡していた。モンテは愛の詩や近況を短く書いたメモを脚につけた鳩を夕闇の中に放っていたのだ。

18 ポルトガルの作家、詩人(一九〇一―六九)。

マリア・クララはメイドを使いに出して女友だちに伝言を届けることに成功し、この友だちがモンテの居所を探しに行った。するとモンテはヴィアナにいて、軍の上層部を白人や混血児《メスティーソ》たちが優位を占めているのを面白く思わない黒人の軍人たちが軍事クーデターの計画を練っているという噂を調査していた。モンテは腰を落ちつけ、こう書いた。

明日。六時に、いつもの場所で。くれぐれも気をつけて。愛してる。

モンテはそのメッセージを小さなプラスチックの筒に入れて、一緒に連れてきていた二羽の鳩のうちの一羽の右脚にくくりつけ、空に放った。

マリア・クララは届くことのない伝言をずっと待ちつづけた。一晩じゅう泣いていた。空港に向かう道すがら抵抗はせず、リスボンで飛行機から降りるまで一言もしゃべらなかった。だが、ポルトガルの都市にいたのはわずかな間だった。五か月後、マリア・クララは十八歳になり、ルアンダに戻るとモンテと結婚した。オラシオは自負をぐっと呑みくだし、荷物をまとめて娘について帰国した。独立後の混乱の数年間、自分が投獄されないように、この未来の婿が手を回してくれていたことを遅れて知ったのである。オラシオはこの婿に感謝を伝えたことはついぞなかった。しかし、彼の葬式で一番涙を流したのはこの舅であった。

神は人々の魂を天秤にかける。片方の皿には魂を載せ、もう片方の皿には、流された涙を載せるのだ。泣く者がだれもいなければ、その魂は下に落ちて地獄へと向かう。涙と悲嘆が充分にあれば、天へと昇っていく。ルドはそう信じていた。というよりも、そう信じたがっていた。サバルにはこう言ったものだ。

「いなくなって寂しいと思われる人が天国に行くの。天国はほかの人たちの心の中にあるのよ。そういうふうに祖母に聞いたわ。そんなはずはないと思う。こういう単純な話をそっくり信じられたらいいなと思うのだけどね。わたしは信仰心に欠けているのよ」

モンテには泣いてくれる人たちがいた。彼が天国にいるとは私には信じがたい。それでも、あの広大な場所のどこかの物陰の、天国の晴朗な輝きと地獄のゆがんだ闇との狭間で、自分の守護天使とチェスでもしているのではないだろうか。天使たちがチェスのルールを知っていて、さらには上手であったりすれば、それはもう、彼にとってそこは天国であろう。

オラシオ・カピタン、あるいは「俺さまの言うとおり」はといえば、詩人のヴィトリノ・ガヴィアンやアルトゥール・ケヴェード、その他、かつての黄金時代の骸骨となりはてた数人と、イーリャのさびれたバーでビールを飲みながら政治談議を交わして午後を過ごしている。彼はいまだにアンゴラの独立を認めていない。共産主義が終わりを迎えれば、アンゴラの独立も終焉を迎えるものと信じているのだ。まだ、鳩は育てている。

ジェレミアス・カラスコの告白

さて、ここでいま一度ナセール・エヴァンジェリスタが影の声のこだまに突き動かされてモンテに襲いかかり、ナイフで刺した朝まで戻ろう。ルドの家の玄関前にごった返す人たちのなかでも特に目を引いたのは、おそらく覚えておいでと思うが、黒ずくめの二人組だった。老女がこの二人に気づいたのは、恥じ入ったモンテが逃げ去り、（同じくそそくさと）バイアクが退散したあとだった。気づきはしたものの、どんな用事かまではわからなかった、というのも、すぐにダニエル・ベンシモルが、マリア・ダ・ピエダーデがアンゴラ新聞に書き送った手紙を読みはじめたからだ。

二人組の男はベンシモルの話が終わるまで待った。動揺し、溢れ出る涙を手の甲でぬぐうルドのことをじっと黙って見つめていた。ついにダニエルがマリア・ダ・ピエダーデに返事を書くと約束して退出したとき、ようやく二人はルドの前に進み出た。年寄りのほうの男が手を差し出したのだが、話をしたのは若いほうだった。

「奥さん、部屋に入れていただけますか」

「ご用は？」

ジェレミアス・カラスコは上着のポケットからノートを取り出してそこに素早くなにかを書きつけ

ると、それをルドに見せた。ルドは首を横に振った。

「それがノートだということはわかります。でも文字はもう読めないの。そちらの方は口がきけないのかしら」

するとといほうがそれを声に出して読んだ。

「中に入れてください。あなたのお許しと助けが必要です」

ルドは頑として譲らなかった。

「座っていただく場所がありません。この三十年、お客を迎えておりませんので」

ジェレミアスはもう一度なにかを書いて、息子にノートを見せた。

「立ったままで結構です。父は、どんなに素晴らしい椅子もよい会話にはかなわないと申しております」

ルドは彼らを招き入れた。サバルが古いオリーブの缶を四つ持ってきた。みんな、その上に腰掛けた。ジェレミアスはコンクリートがむき出しの床と、炭で書かれて真っ黒になった壁を恐ろしげに見回した。そして縁なし帽を脱いだ。剃り上げたその頭が薄闇に光った。彼はまたノートになにかを書いた。

「お姉さんとお義兄さんは車の事故で亡くなりました」と彼の息子が読んだ。「私の責任です。私がお二人を殺しました。内戦が始まってすぐ、ウイジェでお義兄さんと知り合いました。向こうから私に連絡を入れてきたのです。だれかに私のことを聞いたのでしょう。ディアマング社への襲撃に手を貸せということでした。痕跡を残さない完全犯罪で、流血も暴動もないと言われました。私がダイヤモンドの半分をもらうということで話は決まりました。私はすべて言われたとおりのことをやったのですが、最後になってオルランドが逃げました。私の手にはなにも残りませんでした。まさか私がルアンダまで追ってくるとは思わなかったようです。私がどういう人間か知らなかったのです。モブツの軍や仲間たちに紛れて狂乱のさなかに街に入り、二日間あちこち捜し回ったあと、ついにイーリャでのパーティで彼を見つけました。彼は私の顔を見たとたんに逃げ出しました。その後は、映画のようなカーチェイスになりました。そして、彼はハンドル操作を誤って木に激突したのです。お姉さんは即死でした。オルランドのほうは、どこに石を隠したかを白状する時間はありました。申し訳ありません」

アントニオは、つっかえながらたどたどしく読んだ。暗さのせいなのか、音読することに慣れていなかったからかもしれないが、自分が読んでいることが信じ難かったからなのかもしれなかった。読み終えると、暗いまなざしを父に向けた。老人は壁に寄りかかっていた。息をするのも苦しそうだったが、アントニオの手からノートを取り、また書きはじめた。ルドが苦悩に満ちた様子でゆっくりと手を伸ばし、ジェレミアスを遮ろうとした。

「これ以上、ご自分を苦しめないでください。過ちがわたしたちを正すのです。忘れることが必要なのかもしれません。忘れることを、わたしたちは練習しなければ」

ジェレミアスは苛立たしげに首を振った。さらに一言、二言、ノートに書いてからそれを息子に渡した。

「父は忘れたくないのです。忘却は死と同じだと、父は言っています。忘れることは降伏することだと」

老人はさらに書いた。

「父は、自分たちの一族についてぼくから話すようにと言っています。みなさんに牛のことを話せ、と。ぼくたちの財産は牛ですが、売り買いするための財産ではありません。ぼくたちは牛を眺めるのです。みんな、牛の啼き声を聞くのが好きなのです」

ムクバル族とともに過ごしているうちに、別人にではなく、別の人々に、別の民族に、ジェレミアスは生まれ変わっていたのだった。かつての彼は、その他大勢のなかの一人だった。他者との関係など、せいぜい腕を組む程度のものであった。砂漠のなかで、彼は生まれて初めて自分はすべての一部だと感じたのだ。ただ一匹の蜂、一匹の蟻がその個体の動く巣房だと主張する生物学者がいるが、真の有機体とは、ひとつの蜂の巣であり、蟻の巣なのである。ムクバル族の人間とて、他者がいなくては存在しえない。

アントニオが一所懸命に読み上げている間、ルドは、フェルナンド・ペソーアの詩を解説する父の言葉を思い出した。**星たちは気の毒だ／大昔から輝いて／大昔から……／星たちは気の毒だ／／疲れはないのか／事物には／万物には／脚や腕に感じるような／／存在することの疲れ／あることの疲れ／ただ、あることへの疲れ／輝くことや微笑むことへの悲しみ……／／結局は、ないのだろうか／万物にとって／死ではなく／違う種の終わりは／あるいは崇高な論拠は／――たとえてみれば／赦しのような？**

アントニオは、新しく建設された農園の話をした。そこの鉄条網が砂漠を分断し、遊牧民の道筋を断ち切っているのだと。これに銃をもって対抗すれば血みどろの争いになり、その間にムクバル族は家畜をうしない、魂も自由もうしなうことになろう。一九四〇年にそのようなことが起きた。ポルトガル人がほとんどの人間を殺し、生き残った者たちはサン・トメの開墾地に奴隷として送られたのだ。ジェレミアスによれば、もうひとつの解決法は土地を買うことなのだという。これまでずっとクヴァレ族の、ヒンバ族の、ムシャビクア族のものであったその土地が、今では将軍や金満企業などに属すとされている。連中のほとんどが、この南部の広大な空とはなんの関係もないのに。

ルドは立ち上がると、残っていた二粒のダイヤを持ってきてジェレミアスに渡した。

事故

幾度も、鏡を覗くたびに、あの男がわたしの背後にいるのが見えた。

今はもう見えない。視力が衰えたせいかもしれないし

（盲目の利点ではある）、鏡を交換したからかもしれない。

部屋のお金を受け取るとすぐに新しい鏡を買った。

古い鏡は処分した。隣人はいぶかしんだ。

おたくで唯一まともなものは鏡だったのに。

とんでもない！　わたしはむっとした。あの鏡は呪われているのよ。

呪われている？

そうなのよ。影でいっぱいなの。鏡も、あまりに一人でいすぎたんだわね。

幾度も、鏡を覗くたびに、わたしを乱暴した男が覆いかぶさってくる姿が見えるのだとは、隣人には言いたくなかった。当時、わたしはまだ外出していた。ほぼ普通の生活を送っていたのだ。高校へは自転車で通っていた。夏には家族でコスタ・ノヴァに家を借りて過ごした。わたしは泳いだ。泳ぐのは好きだった。ある午後、浜辺から家に帰ってきたとき、読んでいた本がないことに気づいた。

そこで、一人で探しに戻った。砂浜には日除けのテントが並んでいた。もう日は落ちていて、だれもいなかった。昼に使っていたテントに入った。音がしたので振り返ると、だれかが入口でにやにやしながら立っていた。知っている顔だった。父といつもバルでトランプをしている男だ。なにをしているか説明しようとしたが、そんな時間はなかった。気づいたときには、男はわたしに覆いかぶさっていた。ワンピースを破き、下着を剝ぎとり、わたしに入ってきた。

あのにおいを覚えている。あの手も。がさがさで固い手がわたしの胸をつかんだ。わたしは叫んだ。男はわたしの顔を殴った。力強く、リズムをつけて、憎しみはなく、怒りもなく、楽しむかのように。わたしは黙った。ワンピースは破れ、血だらけになり、顔を腫らして泣きながら家に戻った。

父はすべてを理解した。頭に血が上り、わたしの頬を平手で叩いた。ベルトでわたしを鞭打ち、わたしのことを、売女、娼婦、恥知らずと罵った。今でも耳に聞こえる。

「売女！　売女！」母は父にしがみついた。姉は涙を流していた。

わたしを乱暴した男がその後どうなったのか、知ることはなかった。漁師だった。スペインに逃げたという噂だった。姿を消したのだ。わたしは妊娠した。そして部屋に閉じこもった。閉じこめられた。外でひそひそと噂する声が聞こえてきた。そのときが来ると産婆がやってきて手伝ってくれた。わたしは娘の顔も見なかった。娘はわたしから連れ去られた。

恥辱。

恥ずかしくて外に出ることができなくなった。あれから父はわたしに一言も話しかけることがないまま、死んだ。わたしが居間に行くと父は立ち上がり出ていった。何年も経ってから父は死んだ。数か月後、母も父の後を追うように世を去った。わたしは姉の家に引っ越した。少しずつ、自分を忘れていった。毎日、毎日、娘のことを考えた。毎日、毎日、娘のことを考えないように練習した。

深い恥辱を感じずに外に出ることができなくなった。

もうそれも終わった。今は、外に出ても恥ずかしいという思いはない。怖くもない。
外に出ると行商人たちが挨拶してくれる。わたしに笑いかける。
近しい親戚であるかのように。

子どもたちはわたしと遊びたがる。わたしと手をつなぐ。わたしがたいそうな年寄りだからなのか、
それともわたしもあの子たちとそう変わらないくらい子どもだからなのか、
どちらなのかはわからない。

最後の言葉

わたしは言葉を感じながら書く。奇妙な体験だ。自分がなんと書いたのか
　読めないのだから。だから、わたしは自分のためには書かない。

　　　　　だれのために書くのだろう。

わたしであった人のために書くのだ。ある日わたしが置き去りにしたものはまだ残っていて、
　立ち尽くしたまま、哀れな様子で、時の片隅にいるんだろう
　　——どこかのカーブ、どこかの四つ辻で——
　　　そしてどういう謎のおかげか、
わたしは今からここに綴る文章を、見なくても読めるだろう。

ルド、大事な人。わたしはね、今、幸せよ。

盲目だけれど、あなたよりは見える。あなたの盲目のために、あなたの底なしの愚かさのために、わたしは泣く。ドアを開けるのは、きっとわけもないことだったはず。外に出て、人生を両手で抱くことは、たやすいことだったはず。窓から外を覗くあなたが見える、

恐れおののき、おばけが来ると信じてベッドで丸くなる

子どものようなあなたが。

おばけ、わたしにおばけを見せてごらんなさい。あれは外にいる人たちよ。

わたしの人たちよ。

あなたがうしなったものが、とても、とても、残念。

ほんとうに、残念。

でもね、不幸な人類というものは、あなたと

同じようなものではなくて？

すべてが始まるのは夢の中

夢で、ルドは少女だった。白い砂浜に座っていた。その膝に頭を乗せたサバルが、海を見ながらあおむけに寝転がっていた。二人は過去のこと、未来のことを話していた。思い出を語り合っていた。自分たちがいかに奇妙な出会い方をしたかを話しては笑っていた。二人の笑い声は、眠たげな朝に輝く鳥たちのように、空気を震わせた。それから、サバルが立ち上がった。

「日が昇ったよ、ルド。行こうか」

そして、二人で光の方角に向かい、歩き出した。笑いながら、話しながら、これから船に乗る人たちのように。

リスボンにて、二〇一二年二月五日

謝辞と参考文献

今となってははるか昔となった二〇〇四年のある午後、映画監督のジョルジェ・アントニオにアンゴラで撮影する長篇フィクションのシナリオを書いてみないかと言われた。そこで、アンゴラ独立の直前、当時の騒動に恐慌をきたして一九七五年に自主的に籠城したひとりのポルトガル人女性の話をした。ジョルジェがすっかり夢中になったので、私はシナリオを書くことにした。映画そのものは途中で頓挫してしまったのだが、これをきっかけに、私はこの小説の骨子を組み立てることができた。クヴァレ族について書いたときは、ルイ・ドゥアルテ・デ・カルヴァーリョの詩からインスピレーションを受け、さらには彼の素晴らしい小論「航行のための注意書き――クヴァレの遊牧民についての簡潔かつ予備的な考察」を参考にした。

本書の執筆にあたり、多くの人たちから助けをもらった。特に、つねに私の最初の読者であり続けてくれる両親に感謝したい。そしてパトリシア・レイスとララ・ロングルにも感謝を。最後に、ブラジルの詩人、クリスチアナ・ノヴォアにもお礼を述べたい。彼女は「俳諧」と「悪霊祓い」の章で、ルドの詩を書いてくれた。

訳者あとがき

一九七〇年代半ば、ポルトガルの静かな町に住んでいたルドという女性が姉の結婚に伴って、アフリカはアンゴラの首都ルアンダに居を移す。極端に内向的な彼女は、アンゴラの広い空、眩い陽光、大らかな人々、そのすべてを忌み嫌う。ほどなくしてポルトガルの支配下にあったアンゴラでは解放闘争が激化し、その動乱のさなかに姉夫婦が消息不明となり、恐慌をきたしたルドは姉夫婦と住んでいたマンション内の自室の前に壁を作り、そのまま誰に知られることもなく、愛犬を相棒に三十年近くを自給自足で生き抜いていく。

大航海時代にポルトガルはアフリカに「発見」した土地を植民地化し、ルドが移住した二十世紀後半、そうした土地は「本国」ポルトガルに属する「海外州」と呼ばれていた。二十世紀初頭の世界恐慌のあおりをくって国内の失業者が増えたこともあり、ポルトガル政府はアフリカの「海外州」への国民の移住を積極的に奨励していた。そのため、ポルトガル人がアンゴラ、モザンビークなどのアフリカに移住することは、当時は珍しいことではなかった。

とはいえ、ルドが移住したときにはすでにアンゴラで不穏な空気が渦巻いていた。一九六一年、解放組織による襲撃事件が連続して起きたのを発端に独立への機運が次第に高まり、あちこちで暴動が起こる。

さらに、一九七四年の「本国」ポルトガルの政変がアフリカの独立に拍車をかけた。同年四月二十五日に起きた通称「カーネーション革命」である。この無血革命で長期にわたったポルトガルの独裁政権が倒れ、「海外州」だったアフリカ諸国も次々に独立を果たしていった。ようやくポルトガルの支配から逃れたはずのアンゴラは、直後に激しい内戦に突入する。政権を掌握した側は反対勢力を徹底的につぶしにかかり、秘密警察が暗躍し、不当な逮捕、処刑、私刑が日常茶飯事の暗黒の時代であった。東西冷戦の代理戦争でもあった内戦がようやく決着をみたのは、結局今世紀に入った二〇〇二年。ルドが外界を遮断していたのは、まさにこの内戦の時期に重なる。

こうした歴史的背景を紹介すると、重い小説なのかと思われそうだが、そこは稀代のストーリーテラーであるアグアルーザ、歴史に翻弄されるかに見えて、それを逆手に取るかのような逞しい人々を次々と登場させ、圧倒的に賑やかな物語に仕立て上げた。

動乱に揺れる街の中心に屹立する建物の最上階で、無人島に生きるがごとく日々を過ごすルドの物語を作者が思いついたきっかけは、本書の最後にあるとおり、映画の台本の依頼を受けたことにあるらしい。結局その映画は制作されるに至らなかったのだが、ルドの人物像はアグアルーザの内に残り、何年も彼女の物語を温めていたという。「最初から、彼女は植民地主義の終焉のメタファーだった。忘れられた人、帝国の孤児。他人を憎むが、最後はその他人に救われる」と、アグアルーザはインタビューで語っている(Jornal de Letras, L.R.D. 二〇一二年五月三十日)。

孤独な籠城生活に入ったルドは対話をうしない、紙という紙に、それが尽きれば壁に、言葉や詩を書きつづける。さらには、家にあった膨大な量の書物を燃やして暖を取り、煮炊きをする。言葉が、詩が、書物が、ルドの正気を保ち、生命をつないだのである。だが、本作で語られるのはルドの人生だけではない。かつての秘密警察の捜査官、ポルトガルの元傭兵、棺桶に入って脱獄する政治犯、失踪事件の調査を得意とする記者、母親を暗殺されたストリートチルドレンなど、どの登場人物にもそれだけで一本の小説ができてしまいそうな物語があり、それらが惜しげもなくこの一冊に詰めこまれている。本作の悪役といえるモンテ（彼は本作で唯一、「自分のことは忘れてほしい」と願う人物だ）は、冷酷非道な面がある一方で、妻を愛し、家族を大事にする姿も描かれており、ここにアグアルーザが持つ人間への信頼が透けて見える。なお、このモンテは同じ人物設定で、アグアルーザのほかの作品にもときどき顔を出している。また、本作以降に出版された『不本意な夢想家の社会（*Sociedade dos Sonhadores Involuntários*）』（二〇一六年）と『生者とその他（*Os Vivos e os Outros*）』（二〇二〇年）は、ダニエル・ベンシモルが主役の小説だ。筆者は、ぜひまた巨体の女神マダレナに会いたいと思っているのだが、その願いは叶うだろうか。

本書の作者、ジョゼ・エドゥアルド・アグアルーザは一九六〇年、ポルトガル、ブラジル系の両親のもとアンゴラに生まれ育った。大学はリスボンに渡り農学を専攻したのだが、農学を志したのは、アンゴラのポルトガル人の多くが農園を経営していたため、ごく一般的な進路だったからしい。ところが、このころ文学に目覚めて進路を変更し、ジャーナリストを経て作家となり、文筆活動に専念するに至る。

現在はアンゴラだけでなく、ポルトガル語圏の文学界を代表する作家となったアグアルーザの名を国際的に広く知らしめた作品は、二〇〇七年に英国のインディペンデント紙外国文学賞を受賞した『過去を売る男（*O Vendedor de Passados*）』だろう。原書の発表は二〇〇四年、アンゴラに和平が訪れてまもないころだ。戦後の混沌に乗じて顧客の望みどおりの「過去」を巧妙にでっちあげることを生業とする主人公の物語を、彼の家に棲みついたヤモリ（ボルヘスの生まれ変わり！）が語るという手法で描かれたユニークな作品である。アフリカの熱帯の空気をまといながら都会的な香りを漂わせ、軽妙かつ詩的な文章で戦争の深い傷を語るアグアルーザの作風が、この作品にも本作と同様に顕著に現われている。二〇〇九年には『父の妻たち（*As Mulheres do Meu Pai*）』（二〇〇七年）の英訳がふたたび同賞にノミネートされ、その筆の確かさを証明してきたアグアルーザだが、本作『忘却についての一般論』（原題は *Teoria Geral do Esquecimento*）が二〇一六年に英国の国際ブッカー賞最終候補まで残ったのちに二〇一七年に国際ダブリン文学賞を受賞したことで「アフリカの声」を代表する作家のひとりとしての地位を不動にした感がある。同賞受賞の際の審査員の言葉が非常に印象深かったため、少々長いがここに書き留めておきたい。

「飢え、拷問、殺人などの描写があり、忘却の必要性について考察する本書であるが、物語全体から伝わってくるのは愛である。なんといっても作品の要となる生きものの名前が『アモール（愛）』だ。ルドとその他の登場人物たちを救うのは愛であり、奇天烈なディテールの語りを覆うのも、作中のルアンダという街への愛である。作者は、読者に理解と希望を与え、アンゴラの話を世界中どこでもありうる物語として伝える。アグアルーザが作り上げたルアンダという蜂の巣には、孤独な人間がいない。われわれもまた、世界と深くつながっているのだと、彼の作品の登場人物たちは教えてくれる」。

十九世紀末から二十世紀初頭のアンゴラを舞台にした第一作『まじない（*Conjura*）』を一九八九年に発表して以来、アグアルーザはアンゴラを軸に、ブラジル、モザンビーク、インドなど、ポルトガルと関係の深い土地を広くつなげる歴史と記憶を主眼においた作品を執筆してきた。初期の数作は過去のアンゴラを舞台にしたいわゆる「歴史小説」だが、一九九六年に発表した『雨の季節（*Estação de Chuva*）』で、初めて同時代の活動家であり詩人でもある実在のリディア・カルモ・デ・フェレイラを主人公とした小説を発表した。リディアは内戦が再燃した一九九二年に消息不明となり、現在も見つかっていないのだが、本作中に一瞬だけ姿を現わす女性詩人は、もしかするとリディアへのオマージュなのかもしれないと思ったりもする。

「物心ついたときから、戦争はつねに身近にあった」と述懐するアグアルーザにとって不可避のテーマのひとつが戦争であるのは当然だろう。奴隷貿易の主な「輸出国」であったアンゴラの植民地主義からの脱却と独立、それに続く内戦と人々の失意、戦争に踏みにじられるアイデンティティとうしなわれる土地の記憶を描くアグアルーザの作品にはいずれも、「忘れがたきもの」への愛が根底深く流れている。

これまで日本で翻訳出版されたアンゴラ文学は、筆者の知る限りでは、一九九五年に出版されたペペテラ著、市之瀬敦訳による『マヨンベ』（緑地社）のみかと思われる。『マヨンベ』はポルトガルからの独立を目指すアンゴラのゲリラ戦士たちの姿を描いた傑作であるが、原書の刊行は一九八〇年。この後、アンゴラが平和を取り戻すまでさらに二十年以上の歳月を要したという事実を思うと胸がふさがれる。『マヨンベ』邦訳の刊行から四半世紀の時を経て、現代のアンゴラ文学を牽引し、政治・文化面でもオピニオンリーダー的存在であるアグアルーザの作品を日本に紹介できるのは大きな幸福である。戦争という不条理を描き、ときに無情で残酷な場面もありながら、ユーモアと温かみが全編にしみわたるアグアルーザの作品の紹介がさらに進むことを切に願う。

本書を訳出するにあたり、多くの方々にご協力をいただいた。アンゴラの事情に不案内な筆者に、アンゴラ大使館のカロリーナ・ヌネス参事官は、国の文化やルアンダの地理などについてご解説くださった。「俳諧」の詩の訳は、俳人の藤原暢子さんにお手伝いいただいた。全編を通して細かく訳文を確認してくださった清水ユミさんには感謝の言葉もない。丁寧な校正を行なってくださった編集部の金子ちひろさんをはじめ、本書の出版にご尽力いただいた白水社のみなさんにも心から御礼申し上げたい。ありがとうございました。

移動が制限され、身動きが不自由な時期に本書の訳稿の確認を進めた。国境を超える旅を気軽に楽しめるのはいつになるのか、現時点において先は見えない。ルドは、ルアンダの自宅から一歩も出ることなく書物の中だけで世界を旅した。本書を通じて、多くの方が時を超えたアンゴラへの旅を楽しんでくださるようにと願う。

二〇二〇年七月

木下眞穂

訳者略歴
上智大学ポルトガル語学科卒業
訳書にパウロ・コエーリョ『ブリーダ』『ザ・スパイ』（角川文庫）、『ポルトガル短篇小説傑作選』（共訳、現代企画室）など
二〇一九年、ジョゼ・ルイス・ペイショット『ガルヴェイアスの犬』（新潮クレスト・ブックス）で第5回日本翻訳大賞受賞

〈エクス・リブリス〉
忘却についての一般論

二〇二〇年 八 月一五日 印刷
二〇二〇年 九 月 五 日 発行

著　者　ジョゼ・エドゥアルド・アグアルーザ
訳　者 © 木《きの》下《した》眞《ま》穂《ほ》
発行者　及川直志
印刷所　株式会社三陽社
発行所　株式会社白水社

東京都千代田区神田小川町三の二四
電話　営業部〇三（三二九一）七八一一
　　　編集部〇三（三二九一）七八二一
振替　〇〇一九〇-五-三三二二八
　　　郵便番号 一〇一-〇〇五二
www.hakusuisha.co.jp
乱丁・落丁本は、送料小社負担にてお取り替えいたします。

誠製本株式会社

ISBN978-4-560-09063-3
Printed in Japan